La dama y el plebeyo

La dama y el plebeyo

Originally published in English under the title:
Courting Miss Lancaster
© 2010 Sarah M. Eden

Spanish translation © 2021 Libros de Seda, S.L.
　　Published under license from Covenant, Inc.
ALL RIGHTS RESERVED. No part of this work may be reproduced in any
　　form or by any means without permission in writing from the publisher.

© de la traducción: Emilio Vadillo

© de esta edición: Libros de Seda, S.L.
　　Estación de Chamartín s/n, 1ª planta
　　28036 Madrid
　　www.librosdeseda.com
　　www.facebook.com/librosdesedaeditorial
　　@librosdeseda
　　info@librosdeseda.com

Diseño de cubierta: Nèlia Creixell
Maquetación: Rasgo Audaz

Imágenes de cubierta: © Ilina Simeonova/Trevillion Images
　　Imágen contraportada: web pixabay.com

Primera edición: junio de 2022

Depósito legal: M-12967-2022
ISBN: 978-84-17626-69-3

Impreso en España – Printed in Spain

Queda rigurosamente prohibida, sin la autorización escrita de los titulares del copyright, bajo las sanciones establecidas por las leyes, la reproducción total o parcial de esta obra por cualquier medio o procedimiento, comprendidos la reprografía y el tratamiento informático, y la distribución de ejemplares mediante alquiler o préstamo públicos. Si necesita fotocopiar o reproducir algún fragmento de esta obra, diríjase al editor o a CEDRO (www.cedro.org).

SARAH M. EDEN

*La dama
y el plebeyo*

Libros de seda

Para Annette, alguien capaz de reconocer el talento en cuanto lo ve, pero que, en un momento de delirio, me incluyó en ese grupo.

Capítulo 1

Londres, agosto de 1806

—Lo primero que voy a hacer por la mañana será arrojarla al Támesis.

Harry Windover sonrió, aunque estaba seguro de que la amenaza del duque de Kielder había sido pronunciada con el objetivo de asustar y preocupar. El resto de Inglaterra temblaba al escuchar el menor atisbo de intimidación de la boca del infame duque, pero la amistad de Harry con el famoso noble le permitía interpretar con exactitud sus intenciones en casos como este. Adam Boyce, duque de Kielder, era perfectamente capaz de intimidar hasta el extremo, y no solo eso, sino que disfrutaba profiriendo cualquier tipo de amenaza, por tremenda que fuera, y lo hacía muy en serio. Pero aunque ladraba muy a menudo y muy fuerte, raramente mordía. Al contrario, su forma de actuar siempre era muy racional.

—¿Y se puede saber qué ha hecho esa condenada dama para merecer un destino tan funesto? —preguntó Harry sin dejar de sonreír.

—Quiere una temporada de presentación en sociedad —declaró Adam con tono de evidente desaprobación y también de gran asombro.

—Como la mayoría de las jóvenes —observó Harry—. ¿Cómo, si no, van a lograr sus pobres padres casarla con el mejor partido posible? Quiero decir, con el caballero adecuado.

Estuvo a punto de soltar una carcajada al ver la cara de odio con la que lo miró su amigo. Adam había redefinido la expresión «el mejor partido posible» durante su último noviazgo formal. En sentido estricto, las palabras «noviazgo» o «cortejo» no eran del todo adecuadas para describir la forma en la que Adam «adquirió» una esposa. Había escrito una carta, ofrecido como dote el equivalente a varias pequeñas fortunas y se había casado. Todo en un periodo de unas pocas semanas. Los caballeros que, como Harry, no tenían fortuna, o que la tuvieran, pero no la posibilidad de desprenderse de parte de ella, por mínima que fuera dicha parte, habían pasado a engrosar un grupo al que jamás se tendría en cuenta a partir de entonces. O sea, inelegibles y muy, pero que muy solteros de por vida.

—¿Puedo preguntar por qué la nada extraña petición de esta pobre muchacha merece un fin tan drástico para su sin duda corta existencia?

—Pierdes facultades, Harry: si muere, no necesitará ninguna temporada de presentación.

—Cierto, pero sí que va a necesitar un velatorio, y hasta un funeral, que también serían extraordinariamente aburridos.

—Pero infinitamente más cortos.

Un joven caballero de veintipocos años hizo intención de sentarse cerca de Harry y Adam, que estaban pasando la tarde en White's. A Adam le sobró una breve mirada para enviarlo al otro extremo del salón con la cara tan pálida como si hubiera visto un fantasma.

—¿Ahora te dedicas a torturar a la infantería? —preguntó Harry riendo entre dientes.

Adam hizo caso omiso al comentario, lo que provocó aún más risas en Harry. Era lo habitual en ellos desde sus días juntos en Harrow. Allí fue donde Adam desarrolló su fachada de «duque aterrador». Sabiendo que su amigo era, en el fondo, una persona agradable y de buen corazón, Harry se reía ante el absurdo que aquello suponía, lo que hacía que Adam se enfadara. Harry sabía muy bien que, bajo su máscara de hierro, el duque era consciente de la enorme diferencia que había entre lo que era y lo que pretendía transmitir, pero le asustaba perder la armadura. En cualquier caso, nunca había alejado de su lado a Harry, aunque muchas veces lo había amenazado con hacerlo.

—Cada año hay una cantidad enorme de jóvenes damas que disfrutan de su temporada como debutantes en sociedad, Adam —insistió—. ¿Por qué te molesta tanto este caso concreto?

—Pues porque en este caso concreto voy a disfrutar del dudoso placer de ser el guardián y tutor de la debutante.

Harry perdió el aliento durante una fracción de segundo. Ya sabía con absoluta seguridad quién iba a ser la víctima del mal humor de Adam en los próximos meses. Atenea Lancaster, ni más ni menos...

—Eres el guardián legal de las hermanas y el hermano de tu esposa —le recordó—. Cuando uno tiene cuñadas, y más si las ha provisto de las dotes más envidiables del reino, eso lleva implícito asumir las temporadas de la presentación, amigo mío.

—He asumido la responsabilidad porque su padre está perdiendo facultades a marchas forzadas —puntualizó Adam—. Lo que pasa es que si tengo que sufrir semejante tedio, me temo que voy a perder las mías aún más rápido.

—En ese caso, ¿qué iba a ser de nosotros? —bromeó Harry soltando una risotada.

—¿Mi cordura, o la pérdida de ella, te divierte? —espetó Adam levantando su muy temida ceja izquierda.

—Me divierte todo lo que te concierne, y mucho —insistió un sonriente Harry.

—Eso me lo vas a terminar pagando —amenazó su amigo.

—De todas formas, por divertido que sea, tu problema sigue estando ahí, enterito, para que lo disfrutes.

Adam soltó una tos irritada y se dedicó a lanzar miradas asesinas a otros miembros del club que habían tenido la inconsciencia o el atrevimiento de sentarse al alcance de su vista. El silencio hizo posible que los pensamientos de Harry se desbocaran.

Atenea Lancaster.

La figura de la joven se dibujó en su mente con absoluta claridad: rizos dorados, chispeantes ojos verdes, piel clara y reluciente. Atenea era algo más alta que su hermana, la duquesa de Kielder, que a Harry le llegaba más o menos por la barbilla, cosa que sabía perfectamente, ya que había permanecido a su lado en la firma de testigos del matrimonio entre Adam y Perséfone. En ese mismo momento descubrió que dejaba un tenue perfume a violetas. Su hermana Jane olía a lo mismo, pero de otra manera. Harry era el cliente preferido de la niña que vendía flores en una esquina de Picadilly, que siempre llevaba violetas. Y siempre le compraba un ramito. En otras palabras, Harry sabía que estaba perdidamente enamorado de Atenea.

Lo que era una enorme tragedia.

Gracias a la desesperación de su por entonces futuro cuñado, a Atenea le fue asignada una dote de veinte mil libras esterlinas, nada menos. Además, era la mujer más hermosa que conocía, una opinión que compartían todos y cada uno de los caballeros a los que era presentada. Además, tenía el guardián más celoso de su deber de todo Londres. Adam no paraba de protestar por los inconvenientes que le causaba su probablemente cercana boda, pero Harry sabía muy bien que, en el fondo, se preocupaba por ella y por los demás cuñados debido en gran parte al profundo amor que sentía por su esposa. Y, aunque el temido duque no renegaba de la amistad de Harry, la esperanza de que contemplara favorablemente la posibilidad de conceder la mano de su cuñada a un caballero que solo podía aportar una hacienda apenas productiva, menos de setecientas libras al año y además en las agrestes tierras de Northumberland, era realmente escasa. Atenea se merecía mucho más. Y Adam se aseguraría de que lo lograra.

Harry había aceptado la situación hacía ya casi un año, a los pocos minutos de posar por primera vez la mirada en Atenea y hablar con ella, y se había resignado. Lo único que esperaba era no tener que soportar la contemplación de una cohorte de admiradores con el bolsillo mucho más lleno que el suyo.

—Atenea ha llegado esta mañana a Londres con su horda de hermanas y sirvientes y una institutriz insufrible —gruñó Adam.

¿Atenea estaba en Londres? Harry no logró discernir si eso eran buenas noticias para él o no.

—Esa exasperante muchacha me ha informado, ¡nada más llegar a Falstone House!, de que desea acudir a todos los eventos que se celebren durante la temporada corta —prosiguió Adam. Si no conociera tan bien a su amigo, Harry habría dicho algo para objetar la denominación «exasperante muchacha»—. Explicó que estaba segura de que esa opción sería más satisfactoria para mí. —La expresión de desaliento dejó muy claro lo que opinaba sobre la lógica de su cuñada.

—O bien la señorita Lancaster no ha caído en la cuenta de que dejas Londres todos los meses de agosto con una puntualidad de eclipse —empezó Harry, pensando que no resultaría muy apropiado llamar por su nombre de pila a Atenea delante de Adam—, o bien piensa que la temporada corta, menos activa socialmente, podría ser de tu agrado.

—Es obvio que estaba muy mal informada —espetó Adam.

—¿Y se lo hiciste saber? —preguntó Harry, procurando mantener un tono ligero y neutro, no fuera a ser que su amigo adivinara la tensión que estaba experimentando al pensar en la reacción de Atenea ante los habituales exabruptos de Adam.

El gruñido de Adam lo dejó tranquilo. Adam casi nunca hacía ruidos de desagrado si bastaban las palabras. Evidentemente, este no era el caso.

—Las mujeres Lancaster son manipuladoras —masculló Adam—. Atenea me informó de sus deseos, sonrió y desapareció de mi vista sin darme tiempo a que pronunciara una sola palabra. Y al cabo de unos segundos apareció Perséfone, que me agradeció de manera bastante... efusiva lo bien que me portaba con sus hermanas. Cuando me di cuenta de que me estaba distrayendo, ya se había organizado y se había puesto en marcha todo.

Harry rio entre dientes.

—Pues sí que son manipuladoras, válgame el cielo. —Lo habían planeado muy bien, sin duda. Sabía que Perséfone tenía la cabeza muy bien amueblada y sospechaba que Atenea no le iba a la zaga. Alguien que llevaba el nombre de la diosa griega de la inteligencia difícilmente podía ser medio lela.

—Se me ha pasado por la cabeza volver a Falstone Castle y dejar a su suerte a Atenea —declaró sombríamente Adam—. Dejarla que escoja sin ayuda entre la interminable cola de imberbes estúpidos que se va a formar para aspirar a cortejarla y que no van a parar de desfilar por mis salones. ¡Qué aburrimiento, por Dios! Si fuera por mí, los mandaría a todos a las colonias y a Atenea a un convento.

—¿Piensas que aceptaría ese destino? —bromeó Harry.

Adam masculló algo que pareció sonar a «las condenadas mujeres Lancaster» y se enfrascó de nuevo en el periódico.

—Igual deberías contratar a alguien, Adam —sugirió Harry entre risas—. Pon un anuncio en el *Times* requiriendo los servicios de... ¿cómo podríamos llamarlo?... de un «evaluador de pretendientes» con experiencia, eso es. Habría que encontrar a alguien que conozca bien la alta sociedad londinense, que sea capaz de distinguir las manzanas a medio pudrir de las completamente podridas, y que, de paso, pueda soportar estoicamente el interminable cotorreo de los eventos sociales o, preferible y milagrosamente, que hasta disfrute con él.

—Harry, si tu hacienda termina de arruinarse del todo, podría contratarte a ti para ese puesto —dijo Adam husmeando el periódico sin pararse en ninguna página—. No has podido describirte mejor a ti mismo.

Harry se rio, ganándose una mirada a medio camino entre la admiración y el asombro del jovenzuelo al que Adam había mirado antes con cara de poquísimos amigos y dándole un susto de muerte. No era la primera vez que se ganaba ese tipo de reconocimiento. Cualquiera capaz de reírse en presencia del duque o estaba como una regadera o apreciaba muy poco su existencia. Ahora que lo pensaba, la línea que separaba una cosa de la otra era bastante tenue en esos complicados tiempos. Más o menos como ser un bufón de la corte en la época en la que la realeza podía decidir decapitaciones sumarias con un chasquido de dedos.

—«Evaluador de pretendientes»... —dijo Adam pasado bastante rato y en tono reflexivo. Cualquiera que conociera bien su habitual gesto sombrío podría decir que el de ese momento parecía casi alegre—. Harry, pon un precio.

—¿Un qué? —dijo Harry riendo entre dientes. Adam estaba empezando a desvariar.

—Sí, un precio por hacerte cargo de todo el aburrimiento que se avecina.

—¿Perdona...?

—¡No seas obtuso! —espetó Adam. El brillo de alegría había desaparecido de sus ojos, si es que alguna vez lo hubo—. No tengo la menor intención de pasar las noches de los próximos meses en bailes y recepciones o tomando el té por la mañana con visitantes madrugadores. Sin embargo, tú disfrutas con todo eso.

—¿Me estás pidiendo que ayude a tu cuñada a buscar un marido? —Adam no podía ni siquiera imaginarse hasta qué punto era irónica esa propuesta.

—Solo para escoger las manzanas a medio pudrir, tal como creo que has dicho tú hace un momento —corrigió Adam—. Yo me encargaré de las formalidades, al fin y al cabo soy el cuñado.

—¿Te refieres a desmembrar vivos a los aspirantes que no superen las pruebas?

El gesto de alegría de Adam dejó bien a las claras el gozo que le supondría tal actividad.

—Me refiero a todo lo que no sean convenciones sociales. Y como siempre estás invitado en nuestra casa y eres amigo de la familia desde hace muchísimo tiempo...

Harry levantó las manos mostrando su rendición. Solo disponía de unas ruinosas habitaciones en Londres que podía considerar suyas y carecía de medios para vivir holgadamente. No iba a Falstone Castle en Northumberland a no ser que Adam estuviera allí, y las visitas a su impresentable hacienda solo suponían frustración. Para reparar los problemas causados por tantas generaciones de abandono hacía falta dinero, un dinero del que no disponía. Así que ser el constante invitado de su amigo era casi una necesidad, un medio de proveerse del sustento y del abrigo que no se podía pagar. Adam nunca le había pedido nada a cambio de su continua hospitalidad. Así que, en conciencia, no podía negarle un favor si se lo pedía.

—¿Solo separar el trigo de la paja? —preguntó algo renuente.

—A no ser que creas que Atenea no va a provocar mucha atención —dijo Adam levantando una ceja. Sabía perfectamente que Atenea despertaría una expectación inusitada en cuanto se presentara en sociedad.

—Qué va, todo lo contrario —dijo negando con la cabeza y procurando no refunfuñar.

—Y es fundamental que a los aspirantes inadecuados se los despache de inmediato —aseveró Adam.

A Harry le gustaron esas palabras. «Despachar a los aspirantes inadecuados». Él no podía aspirar a ella, era consciente. Pero sí que iba a poder buscarle un caballero que la tratara bien, que se interesara por ella aparte de su dote y de su posición social. No le cabía duda alguna de que sería una tortura para él, pero al menos podría contribuir a un objetivo satisfactorio.

—Igual deberías definir tu concepto de «aspirantes inadecuados» —aventuró Harry.

Adam le dedicó esa mirada que se guardaba para cuando, en su opinión, consideraba que lo que decía Harry no alcanzaba el nivel mínimo de inteligencia requerido, pero se dignó contestar.

—A ver: mujeriegos, divorciados, calaveras, canallas, cualquiera que no pertenezca a la nobleza, los demasiado jóvenes o demasiado viejos... Sin duda, los estúpidos o cobardes. Y, por descontado, nadie que pertenezca a mi familia lejana. —Harry sonrió al oír lo último. Adam tenía pocos familiares lejanos y sabía que no le gustaban absolutamente nada, ninguno de ellos—. Y en ninguna circunstancia se debe permitir que la corteje un cazafortunas. Eso no lo voy a permitir bajo ningún concepto, no, señor.

Ese fue el punto final de cualquier mínima esperanza que Harry pudiera haber albergado. Aunque la dote de Atenea le importaba muy poco, era absolutamente consciente de su propia falta de medios. A los ojos de la alta sociedad, e incluso a los de su mejor amigo, Harry sería considerado por la alta sociedad como la más despreciable de las criaturas: un apestoso y repulsivo cazafortunas.

—Creo que seré capaz de mantener alejada a la señorita Lancaster de todos esos indeseables —dijo Harry, resignándose a pasar unos meses de tortura, aunque quizá fueran solo semanas si Atenea se volvía tan popular como esperaba.

—Pues esperemos que no te dé la lata con peticiones e ideas fuera de lugar. — Adam negó con un gesto de impotencia—. No creo que te libres de ella antes de que termine la temporada corta.

Librarse de ella.

Una sonrisa surcó el rostro de Harry.

Varias semanas con Atenea. Las pocas horas que había pasado en su compañía tras la boda de Adam habían sido de lo más agradables. También estuvo con ella en la última Navidad. Atenea y sus hermanas habían llegado a Falstone Castle esa primavera semanas antes de su partida a Londres. Era una joven dulce, un rasgo más que compartía con su hermana, pero también inteligente y despierta, y con un agudo sentido del humor. Su atracción por ella no había dejado de crecer.

—Entonces, ¿cuándo empiezan mis tareas? —preguntó Harry expectante.

—Tan pronto como las damas estén satisfechas con su vestuario. Pero solo el cielo sabe lo que puede tardar eso.

Harry asintió con aire ausente. Las siguientes semanas iban a ser las más sañudamente torturadoras de toda su vida, y su intención era disfrutar cada minuto de ellas.

Capítulo 2

Una joven bien educada y de buena familia no llora en los bailes.

Atenea Lancaster conocía perfectamente esa regla, que por otra parte era básica. De hecho, conocía todas las reglas, fueran básicas o no, que gobernaban el comportamiento de la alta sociedad londinense y, por extensión, británica. Había aprendido a bailar, eso sí, sufriendo bastante, todos y cada uno de los bailes populares que se conocían, y se sabía al dedillo los pasos del minué, aunque en realidad le disgustaban sobremanera. Conocía como el alfabeto las intrincadas señales que podían transmitirse con el movimiento del abanico, y los mensajes asociados. Había leído la copia de la guía de etiqueta Debrett's que había en la biblioteca de su cuñado, a la que había entrado subrepticiamente cuando estaba segura de que su excelencia no estaba en casa. Como consecuencia, estaba bastante segura de que era capaz de ubicar a cada miembro de la aristocracia en la familia correcta. Temblaba ante la cercanía del momento de su presentación en sociedad, y había ensayado todo lo que estaba a su alcance para no hacer el ridículo ante la reina. Vestía a la ultimísima moda, y su peinado hasta superaba el vestuario que lucía. El trabajo que habían hecho con sus rizos dorados era impactante.

Y no obstante, pese a todo ello, Atenea estaba a punto de sollozar.

Desde que era niña se había imaginado su baile de presentación en sociedad. Se había visto casi físicamente de pie, orgullosa y segura de sí misma, sonriendo con cautivadora coquetería a los jóvenes, y no tan jóvenes, caballeros que se encontraba. En sus sueños, despierta y dormida, había bailado con elegancia y seguridad. Pero jamás se había imaginado a sí misma sentada en una silla inverosímilmente incómoda, mirando a los bailarines ir de acá para allá sin que ni un alma se acercara a solicitarle un baile.

A lo largo de los años había oído expresiones admirativas como «¡Qué belleza!» o «Con esa dulzura y esa expresión tan adorable, la señorita Atenea va a ser un magnífico partido». De hecho, esperaba tener éxito, pero ni mucho menos de forma egocéntrica ni engreída. También había pensado a veces que ese posible y hasta probable «gran partido» que podría avecinarse en forma de noble acaudalado podría ser la solución para los problemas económicos de su familia. Un caballero adinerado y que la amara lo suficiente como para casarse con ella sin una dote y que sin duda sería tan generoso como para salvar a su familia de la pobreza. Era lo que había esperado.

Volvió a pasear la vista por el rutilante salón de baile. Las parejas hacían lo que podían al ritmo de un baile popular cuyos movimientos se sabía de memoria. ¡La de veces que lo había practicado! Esa misma mañana había pasado algo más de una hora revisando todos y cada uno de los bailes que la orquesta tenía la posibilidad de tocar esa noche. Pero también tenía que haberse preparado para la posibilidad de un rechazo de estas características; hubiera sido mucho más práctico, ya no le cabía duda.

Ese intento de humor le sirvió para consolarse mínimamente y mantener a raya las lágrimas. Al menos, de momento.

Por lo menos había bailado una vez en lo que llevaba de noche. Su cuñado, el infame duque de Kielder, se había colocado a su lado, sin duda a instancias de su esposa Perséfone, la hermana mayor de Atenea. La había invitado a bailar, cosa que habían hecho sin cruzar palabra, y después se había colocado junto a ella como si montara guardia. Adam, como había sugerido su excelencia que se dirigiera a él cuando estaban en casa, no era nada aficionado a los eventos sociales. Y Atenea estaba bastante segura de que los asistentes a esos mismos eventos sociales apoyaban con entusiasmo dicha falta de afición. El duque terrible asustaba a la gente. Y a Atenea la aterrorizaba.

La pieza se acercaba a su final. Una más que terminaba. Haciendo un gran esfuerzo, Atenea volvió a contener las lágrimas y paseó la vista por sus alrededores esperando que, mágicamente, se materializara ante ella un joven caballero y le pidiera el siguiente baile. Llevaba casi dos horas en el evento de los Debensham. La siguiente pieza era la más importante del baile. Hasta ese momento se le habían aproximado muchos caballeros y Atenea les había sonreído con recato y esperanza. Pero siempre, siempre, la expresión de los jóvenes había pasado de la aprobación al desaliento, y pasado de largo sin más. Uno de ellos incluso se había dado la vuelta para irse por donde había venido. Todavía se ruborizaba al recordar la vergüenza que había sentido en aquel infausto momento.

Cerró los ojos por un momento, respiró hondo para calmarse y volvió a rezar para sí una oración. Sobreviviría. Aunque todo fuera mal, sobreviviría. Si algo caracterizaba a los Lancaster era la persistencia.

—Señorita Lancaster.

El sonido de la voz masculina, muy cercana, la sobresaltó. Abrió los ojos temiendo que el repentino nerviosismo resultara demasiado evidente. Pero el miedo desapareció instantáneamente.

—Hola, señor Windover —dijo con patente alivio. El señor Windover era extremadamente amable, y se podía contar con él para todo, desde los pequeños aprietos hasta la más difícil de las circunstancias. En ese momento le pareció un enviado de Dios.

—¿Desde cuándo estás aquí, gusano despreciable? —dijo Adam, que seguía al lado de Atenea. Se tensó al oír su voz. Siempre le pasaba.

—Yo también le he echado de menos, su excelencia. —El señor Windover se atrevió a sonreír, pese a que estaba delante del hombre más peligroso del baile y de muchas millas y condados alrededor. Solo él era capaz de atreverse a semejante temeridad.

Atenea estuvo a punto de sonreír por primera vez en unas horas. Adam le daba menos miedo cuando él estaba cerca.

—Haz algo útil, Harry. Baila con Atenea —ordenó Adam.

La joven notó que le ardían las mejillas. ¡Qué patético! Si las dos horas transcurridas sin que nadie la sacara a bailar le resultaban humillantes y la hacían sentir como si fuera la fea del baile a la que nadie quería sacar, que su protector le ordenara de esa forma a un caballero que lo hiciera era una forma horrible de confirmar la etiqueta.

—¿Pero a ti quién te ha enseñado modales, patán? ¿Una manada de lobos? —dijo el señor Windover negando con gesto de desaprobación y disgusto—. Tenía la intención de rogárselo a la señorita, pero seguro que ahora piensa que lo hago siguiendo tus órdenes. ¡Eres un maleducado! —El señor Windover la miró sonriendo y con los ojos brillantes—. ¿Puedo aspirar a que me conceda el baile principal, señorita Lancaster? ¿O ya lo tiene reservado para alguien?

—No —acertó a decir Atenea, y el corazón brincó de esperanza. ¿Se libraría de observar desde la silla esa pieza?

—¿«No» significa que debo perder la esperanza? ¿O que me hará el honor de concedérmelo? —insistió el señor Windover muy sonriente.

La cara de Atenea se iluminó con una sonrisa.

—Nadie me lo ha pedido —aclaró.

—Pues si sigues ahí hablando como un cotilla impenitente, los músicos empezarán a tocar —dijo Adam—. ¡Pídeselo ya, botarate!

Harry extendió el brazo en dirección a Atenea, que apoyó la mano sobre él. Echaron a andar hacia el grupo que se había formado en la zona de la pista más cercana a ellos. En un principio sintió cierto nerviosismo, pero el señor Windover la miró sonriendo con mucha amabilidad y se le pasaron los nervios. Era una persona muy agradable, mucho más que Adam, al que había tenido que soportar durante toda la noche.

El baile exigía movimientos muy rápidos, por lo que cualquier tipo de conversación resultaba absolutamente imposible. Los pasos también eran difíciles. Pese a que los había practicado muchas veces, se concentró en ellos, decidida a no ponerse en ridículo.

Todos, incluido el señor Windover, se volvieron para aplaudir a la orquesta cuando terminó el último acorde y antes de empezar a desplazarse en masa hacia el comedor en el que se serviría la cena. Atenea apoyó de manera decorosa la mano sobre el brazo que le ofreció su acompañante y salió del salón de baile con el aliento ligeramente perdido.

—Le he oído decir a su hermana que su presentación de ayer se desarrolló muy bien —dijo el señor Windover una vez sentados a una mesa llena de platos a cual más apetitoso.

—No me equivoqué ni una sola vez —dijo Atenea en voz baja.

—Pese a que, sin duda, usted estaba segura de que lo haría —replicó el señor Windover sonriendo. Su nerviosismo ante el acontecimiento había sido tema de conversación en la cena familiar anterior a su presentación en sociedad. El señor Windover solía estar presente en esas cenas, cosa que Atenea agradecía. Perséfone estaba muy a gusto en presencia de su marido, pero su actitud a veces malhumorada y siempre intimidatoria le quitaba el apetito a Atenea. En Falstone Castle no se sentía tan amedrentada, pero ahora la presencia de su cuñado, cuyo mal humor parecía incrementarse en Londres, y la cercanía de la temporada, aunque fuera la breve, afectaba mucho a sus nervios.

—Me habría gustado que estuviera presente —musitó mientras se servía un poco de masa de hojaldre con el tenedor—. Perséfone estaba casi tan nerviosa como yo, y su excelencia parecía... —¿Cuál sería la palabra adecuada?

—¿Molesto?

—Sí, exactamente —confirmó Atenea sonriendo—. ¿Cómo lo puede saber si no estaba delante?

—El aterrador duque de Kielder siempre parece molesto en presencia de la familia real —susurró el señor Windover inclinándose un poco hacia ella al hablar. Con su cercanía, la desazón desapareció por completo. El señor Windover ejercía ese efecto sobre ella, ya desde el momento en el que se conocieron en la boda de Perséfone. Era una persona balsámica, tranquilizadora—. Creo que le parecen aburridos.

—Lo que más me llama la atención es que no hace el menor esfuerzo para ocultar lo que siente —comentó Atenea negando con la cabeza. No podía concebir que le importara tan poco la opinión de la primera familia del país—. ¿Acaso no teme que se ofendan?

—Me da la impresión de que el que la familia real se ofenda por su actitud, o que no lo haga si a eso vamos, le trae absolutamente sin cuidado. Y, sin embargo, a ellos sí que parece preocuparles que «su excelencia» se pueda sentir ofendido por su comportamiento —reflexionó el señor Windover—. Me consta que a la reina le fascina nuestro duque. Sé que llega a extremos insospechados para que se sienta bienvenido siempre que tiene a bien acudir a sus salones.

—Habló con él durante más de diez minutos —confirmó Atenea al recordar la inesperada ruptura del protocolo real—. Sin nadie más alrededor.

—Y estoy seguro de que él la fulminaba con la mirada —añadió el señor Windover.

—Tuvo el atrevimiento de sacar el reloj del bolsillo y mirarlo mientras su majestad se estaba dirigiendo a él —dijo Atenea con los ojos muy abiertos al recordar el hecho, todavía asombrada.

El señor Windover soltó una carcajada.

—¡Por favor! ¡Lo que hubiera dado por ver semejante cosa!

—Pues eso no es todo. Vio que el príncipe lo miraba con mala cara y...

—¿De verdad que el príncipe tuvo la temeridad de mirar con mala cara al duque aterrador?

Atenea asintió con gravedad.

—Y lo que es peor: dejó que Adam lo viera haciéndolo.

El señor Windover negó con la cabeza, como si no diera crédito a lo que escuchaba.

—No me diga que llamó la atención a su alteza serenísima otra vez.

—¿Otra vez? —preguntó Atenea tras darle un vuelco el corazón—. ¿Es que ya había desafiado antes al príncipe de Gales?

—Pues sí, aunque no hay que tenerlo en cuenta. Su alteza se disculpó, así que la cosa se suavizó y no pasó a mayores. Aunque fue bastante comentada.

—¡Por Dios bendito! —musitó Atenea. ¿Qué clase de protector tenía? Pues alguien que recibía las disculpas del mismísimo príncipe de Gales, que dejaba claro que se aburría conversando con la reina y que estaba deseando «despacharla» cuanto antes. No era de extrañar que Atenea se sintiera inquieta en su formidable presencia.

—Hablemos de cosas más agradables —propuso el señor Windover, sonriente como siempre. Esa sonrisa era de lo más alentadora—. ¿Ha disfrutado de su primer baile?

Atenea se sintió muy mortificada al notar que las lágrimas, casi incontenibles, acudían a sus ojos. ¿Que si había disfrutado de su primer baile? No, en absoluto.

—¿Llora usted, señorita Lancaster? —La voz de Windover fue un susurro solo audible para ella—. Eso no puede ser.

—Lo siento —susurró a su vez Atenea, intentando recuperarse de forma valiente.

—Si quiere fingir un irresistible grado de interés por el contenido de su plato, yo fingiré a mi vez que voy a lo mío —propuso el señor Windover—. Así el resto de los invitados creerán que no ha pasado nada y usted podrá recuperar el aplomo sin que nadie se dé cuenta ni se pase de listo.

Atenea bajó de inmediato los ojos, centrándolos en el plato, y bajó la cabeza para que nadie pudiera ver las lágrimas que le mojaban las pestañas y corrían libres por las mejillas. Una joven bien educada y de buena familia no llora en los bailes... ni encima del plato en la cena de un baile. Tuvieron que transcurrir unos instantes antes de que Atenea lograra controlar sus emociones.

—¿La ha molestado alguien? —preguntó el señor Windover en voz baja.

—No —fue la respuesta de una Atenea agradecida por la preocupación que pudo distinguir en su voz.

—¿Se siente defraudada por el baile? —probó—. ¿O solo con sus parejas?

Esa pregunta estuvo a punto de desatar un nuevo llanto.

—Difícilmente, porque... no he tenido ninguna —respondió con la voz rota.

—¿Que no ha tenido ninguna? ¿Quiere decir ninguna pareja de baile?

Atenea alzó los ojos y se encontró con una mirada comprensiva y empática.

—Salvo Adam, nada más llegar. Y ahora usted. Ha habido momentos en los que he pensado que se iba a aproximar algún caballero, pero ninguno lo ha hecho finalmente. Salvo usted, claro. Hubo uno que hasta se dio la vuelta de repente y salió casi corriendo. —Se tomó un tembloroso respiro—. No sé que pasa conmigo, pero seguro que...

—Señorita Lancaster... —El señor Windover sonreía amablemente—. ¿De verdad piensa que esos caballeros, o los que ni se han acercado, no le han pedido un baile porque usted tiene... algún problema o carencia?

—¿Y qué otra razón podría haber?

Harry negó con la cabeza. Parecía que algo le divertía mucho, aunque no quería que se le notase.

—Pues hay otra razón que resulta manifiestamente obvia.

Atenea frunció el ceño. Estaba muy confundida y no podía pensar en nada que no fuera un enorme problema propio que ahuyentaba a los jóvenes caballeros, pero que no era capaz de descubrir.

—Pues estoy seguro de que la falta de aspirantes a bailar con usted tiene mucho, incluso diría que todo que ver con el hecho de que el duque de Kielder estuviera de pie a su lado con la mano descansando ominosamente sobre la empuñadura de su sable de gala. Estoy seguro de que la gran mayoría de los caballeros que han acudido al baile han pensado que el infame duque podría estar pensando en repetir una página no tan lejana de la historia de Francia... guillotinando a su británica manera a algún miembro de la aristocracia aquí presente que no sea de su agrado. Es decir, a cualquiera.

—¡Le tienen un miedo cerval!

—Su resumen no puede ser más exacto.

Era una razón mucho más asumible que la que había deducido hasta ese momento. Adam había puesto en fuga con su sola presencia a los aspirantes a bailar con ella. ¡Aún había esperanza! Salvo que Adam se empeñase en ser siempre su protector y carabina. Porque, en tal caso, la situación de hoy se repetiría constantemente.

—Lo cual no augura nada bueno para mí, ¿verdad? —Atenea suspiró y dejó el tenedor sobre el plato. Había perdido por completo el apetito.

—No tenga miedo. No creo que Adam vaya a acudir a ningún evento social más. Y Perséfone intimida bastante menos, por razones obvias.

—Esta noche ha estado bastante ausente, por cierto. —Solo había visto cinco o seis veces a su hermana desde que habían llegado al baile, pese a que estaba segura de que había tenido todavía menos aspirantes a un baile que ella misma, por la misma razón que le había hecho ver el señor Windover. Quien, por cierto, había bailado con ella, pero no con su hermana.

—La he visto hablando con varias personas —informó el señor Windover—. Estoy seguro de que empezaba a sentar las bases de su éxito, señorita Lancaster. Gracias a las conversaciones que ha mantenido esta noche, no le quepa duda de que será usted invitada a todos los eventos adecuados para lograr su inmersión completa en la alta sociedad londinense. Y estoy seguro de que ha aprovechado la presencia de Adam para ello. En aquellos a los que Adam no acuda, que probablemente sean todos, será ella la que permanezca a su lado como una fiel carabina.

—No creo que a Perséfone le apetezca ir a ningún sitio sin su marido —dijo Atenea—. Es incondicionalmente suya.

—Lo cual es incomprensible, ¿verdad? —dijo un sonriente señor Windover—. ¿A quién se le podría ocurrir que Adam fuera a ser el marido ideal para cualquier dama?

—Le puedo asegurar que no es el mío —confesó Atenea, pero enseguida cayó en la cuenta de lo desafortunado de su comentario y se llevó la mano a la boca, sin poder evitar un repentino e intenso rubor en las mejillas.

—Entonces, le ruego que me explique cuál es su prototipo de marido ideal —preguntó el señor Windover. Sus palabras carecieron de cualquier tipo de ironía, e incluso pareció un tanto conmovido al pronunciarlas. Sin duda, se trataba de una reacción lógica ante su falta de delicadeza—. ¿Qué tipo de marido espera encontrar?

Atenea pensó en ello y, para su propia sorpresa, se dio cuenta de que no lo tenía claro. El rutilante caballero de armadura blanca con el que soñaba de niña tenía dos únicas características: que fuera inmensamente rico y que estuviera enamorado de ella por completo. La primera ya no era necesaria. Y la segunda era demasiado personal y no quería exponerla.

—Pues de verdad le digo que no lo sé.

—Y si no sabe qué está buscando, ¿cómo espera encontrarlo?

Buena pregunta, desde luego. Sintió cierta desazón en el estómago. Sus sueños románticos parecían desvanecerse.

—Pues... supongo que, simplemente, espero... saberlo cuando lo encuentre. Reconocerlo cuando... cuando...

—¿Cuando su príncipe azul se postre a sus pies? —El señor Windover volvía a sonreír.

Hizo que se sintiera muy infantil. Para Atenea, el matrimonio siempre había sido algo muy romántico, muy excitante, absolutamente maravilloso.

—¿Y por qué no iba a ser capaz de reconocer al caballero que busca mi corazón?

—Bueno, usted misma ha reconocido que ni siquiera tiene claro qué es lo que busca en un futuro esposo, ¿no es así? —El señor Windover negó con la cabeza. Estaba claro que lo desaprobaba, pero en cualquier caso no perdió la sonrisa—. ¿Al menos ha elaborado una lista de características, del tipo que sea? Quiero decir, a veces es tan importante lo que uno quiere encontrar como lo que no...

—Pues no, desde luego que no lo he hecho. —La sola idea era lo más lejano al romanticismo que cabía imaginar. ¡Una lista! Como si fuera a ir a comprar telas o a la tienda de ultramarinos.

—¿De verdad que no tiene ningún prerrequisito? —preguntó el señor Windover con gesto escéptico.

—Nada aparte de lo más obvio —afirmó Atenea—. Que sea un caballero en el verdadero sentido de la palabra. Y que sea apto.

—O sea, que podríamos establecer como requisitos que no esté casado ya, y, por ejemplo, que no sea un buhonero.

—Me está tomando el pelo, señor Windover —dijo Atenea sonriendo como él.

—Solo un poco, pero además tengo que confesar que ha despertado usted mi curiosidad. En serio que me gustaría saber qué tipo de caballero sería capaz de ganarse su afecto.

Hubo algo en su tono de voz que hizo que Atenea volviera a sonrojarse.

—Creo que se me va a encargar una tarea de trascendencia: la de asegurarme de que sea usted presentada a la mayor cantidad y variedad posible de caballeros, por supuesto aptos, y de, digamos, «supervisar» que la búsqueda, en estos momentos tan poco precisa, tenga éxito. Aunque tengo que decir que, de entrada, esperaba algo más de ayuda de la joven dama, siempre por el buen fin de esta estratégica contienda.

—¿Contienda? —Atenea rio sonoramente. No pudo evitarlo, pese a que se le había dicho por activa y por pasiva que, cuando se divertían, aunque fuera mucho, solo se esperaba de la damas sonrisas silenciosas y discretas—. ¿Acaso piensa que la tarea de buscar un esposo para mí es comparable a la guerra?

—Señorita Lancaster, es mi deber informarle de que hay momentos en los que los asuntos del corazón dan lugar a batallas brutales y penosas.

Capítulo 3

Harry disfrutaba sufriendo, era evidente. No podía haber otra explicación. De no serlo, ¿por qué iba a estar intentando escoger a un caballero elegible de entre las hordas que habían acudido a la velada musical de los Hartford en la que Atenea, como no podía ser de otro modo, era el centro de atención?

Evidentemente, Adam no se había dignado a aparecer, tal como Harry, y cualquiera que estuviera mínimamente al tanto de los gustos musicales del duque terrible podía haber predicho. En ausencia de su centinela armado de la noche anterior, el éxito de Atenea fue arrollador, como era de esperar, y como debería haber ocurrido también en el baile anterior. Por si no hubiera suficientes caballeros rondando alrededor del objeto de sus afectos como las moscas alrededor de la miel, él le llevaba otro para ayudarla a tejer su red.

Tanto la noche anterior como buena parte de esa mañana había estado muy preocupado. No se trataba de sus sentimientos, no era eso lo que le preocupaba. Atenea, la dulce, amable y confiada Atenea, se estaba embarcando en la travesía del matrimonio sin estrategia ni preparación algunas. La exasperante joven ni siquiera sabía qué era lo que quería encontrar o esperar de un marido. El matrimonio era algo permanente, para toda la vida. Un marido inadecuado sería algo desastroso para ella. En el mejor de los casos, la dejaría insatisfecha, y en el peor, sería absolutamente infeliz.

Verla felizmente casada sería duro de por sí. Pero ser testigo de un matrimonio horrible que le devorara poco a poco el espíritu se convertiría en un auténtico martirio para él.

Escoger entre las manzanas menos malas, había dicho Adam. Alejarla de los que no la merecieran bajo ningún concepto. Lo único que iba a hacer Harry era modificar ligeramente la orden: la alejaría de todos aquellos que no pudieran ser capaces de hacerla feliz. Por mucho dolor que le causara, la iba a ayudar a encontrar a alguien decente, eso como poco.

Pero tampoco tenía ni la más mínima intención de poner a sus pies un prodigio de belleza masculina. No era tan masoquista como para hacer semejante cosa.

Atenea no sabía cuáles eran las características y cualidades que debía tener su marido ideal y Harry iba a ayudarla a elaborar una lista. Para empezar, una lista de lo que «no» quería.

Guio al señor Howard, un conocido de uno de los clubes que frecuentaba, entre la multitud en dirección a Atenea. Mientras andaba, no paraba de maldecirse a sí mismo por haber accedido a ayudar y hasta guiar a Atenea entre la espesura de los buscadores de novias, dotes y brillo social, una fauna de la que él nunca podría formar parte.

—Su excelencia —saludó a Perséfone con una reverencia de lo más apropiada. Nunca se olvidaba de actuar así en público, pese a que en privado sus relaciones eran mucho más informales, parecidas a las que se establecen entre dos hermanos, de lo que cabría esperar de dos personas no emparentadas—. Permítame que le presente al señor Howard.

Perséfone inclinó la cabeza y le dirigió una mirada de cierta altiva condescendencia que estuvo a punto de hacerle soltar una carcajada. Adam había adiestrado bien a su esposa, que con solo una mirada por encima del hombro era perfectamente capaz de bajarle los humos al noble más seguro de sí mismo.

—Señor Howard, le presento a su excelencia la duquesa de Kielder.

Harry pudo oír perfectamente el ruido que el señor Howard hizo al tragar saliva cuando conectó mentalmente a «su excelencia» con el personaje más temido del reino. No obstante, se comportó de forma admirable haciendo la reverencia que correspondía y componiendo un gesto que transmitía más o menos el inmenso honor que suponía que le presentaran a la duquesa.

Harry temía que el pobre Howard perdiera el valor que sin duda le habría costado mucho acumular. No tenía sentido que se desmoronara antes de que Atenea tuviera la oportunidad de conocerlo. No tenía sentido hacer presentaciones complicadas si después Atenea se limitaba a recoger los restos y no podía ni conversar.

Así que los presentó, y se intercambiaron los comentarios de rigor, banales y aburridos. Después se produjo el también habitual silencio incómodo, que rompió la joven intentando entablar conversación.

—Señor Howard, ¿de qué zona del Reino Unido procede usted? —preguntó.

—Essex —respondió escuetamente Howard, serio como si estuviera en un entierro.

—Según creo, Essex es un lugar muy bonito —apuntó Atenea con la mejor de las intenciones.

El señor Howard se limitó a asentir sin palabras. Harry no pudo evitar que una sonrisa satisfecha acudiera a sus labios. El señor Howard era, de hecho, el menos hablador de sus conocidos. Esa característica no era resultado de su timidez; Harry jamás se habría planteado aprovecharse de un rasgo de carácter que produjera vulnerabilidad en las personas. Lo que pasaba es que el señor Howard simplemente nunca sentía la necesidad de decir más de cuatro palabras seguidas. Y carecía de cualquier cosa que pudiera parecerse al sentido del humor. Su tono y su expresión al hablar eran siempre sombríos, independientemente de que resultaran adecuados a la conversación.

Así que el señor Howard había asentido con un gesto que sería perfectamente adecuado para una conversación acerca de las bajas producidas en una batalla sangrienta o sobre un problema legal que careciera de solución factible.

—Hay algunos árboles magníficos en Essex —declaró.

Harry contuvo la sonrisa de nuevo. «Pon en práctica tu magia, Howard, amigo».

—Creo que vi varios árboles muy interesantes la última vez que fui a Essex, —intervino un caballero que estaba relativamente cerca de Atenea. Harry lo reconoció de inmediato. Charles Dalforth era un individuo de ciertas aspiraciones, aunque su fortuna personal no fuera deslumbrante. Gozaba de la consideración positiva de sus compañeros de club, que indicaban que era un hombre de honor y buena persona. Harry decidió que habría que evaluarlo. Pero en ese momento el protagonismo debía ser para el señor Howard. El señor Dalforth miró a Harry con gesto divertido. Al parecer, se estaba dando cuenta de hasta qué punto era ridícula la tentativa de conversación de Howard.

Harry se limitó a alzar lo mínimo las cejas y a curvar los labios casi imperceptiblemente.

El señor Howard asintió, y el espacio del entrecejo se redujo mientras pensaba.

—Sin duda. Tenemos varios olmos interesantes.

Todo el grupo mostró su acuerdo. Perséfone se volvió hacia otro de los caballeros y abrió la boca para hablar, pero, sorprendentemente, el señor Howard intervino de nuevo.

—Y abedules.

Perséfone sonrió de manera educada.

Harry miró a Atenea y no quedó decepcionado. Parecía a medio camino entre el asombro y la diversión.

—Sauces.

Todos los ojos convergieron en el señor Howard. Su excepcionalmente persistente y no menos insulsa lista de especies arbóreas nativas del condado había pillado con la guardia baja al grupo.

—Tejos.

Atenea miró a Harry, que ya no fue capaz de controlar más la sonrisa. La joven levantó una ceja y señaló mínimamente con el gesto en dirección a Howard. Harry apenas se encogió de hombros, pero sí que captó el gesto con las cejas de Atenea, que entrecerró los ojos escasa pero apreciablemente. Harry se limitó a poner cara de infantil inocencia.

Poco a poco, de forma maravillosa, se fue formando una sonrisa en la boca de la joven, que puso de manifiesto el mínimo hoyuelo que había descubierto en la parte inferior izquierda de su mejilla la primera vez que la vio sonreír. Harry tuvo dificultades para seguir respirando con regularidad y para ocultar el resto de los efectos que ese gesto le provocó. ¡Por Dios, mira que era hermosa!

—Señorita Lancaster. —La voz de Howard rompió la magia del momento, apartando de Harry la mirada sonriente de Atenea. Se sintió perdido al romperse la conexión, aunque fue capaz de respirar otra vez con normalidad. Algo era algo—. Por lo que he visto, le encantan los tejos.

A Atenea le sorprendió que el señor Howard se dirigiera a ella en términos tan concretos, y Harry tuvo que volver a retener la sonrisa que pugnaba exteriorizar.

—¿Los tejos? —repitió Atenea—. ¿Se refiere a los árboles?

—¿Y a qué otra cosa me podría referir? —preguntó Howard muy serio.

—Pues... a una plancha metálica, o a lo que se lanza en el juego de la rana —propuso el señor Dalforth con un deje de humor apenas apreciable—. Incluso se pueden referir a cierta forma de... «cortejo».

—Pero... en ese caso siempre se usa el plural —dijo el señor Howard como si estuviera analizando un tema complejísimo.

El señor Dalforth sonrió, ya sin contenerse.

—Así es —dijo con obvio buen humor. Se volvió a Perséfone—. Su excelencia, creo que nuestros anfitriones nos avisan de que va a comenzar la segunda parte de la actuación que tanto nos está divirtiendo esta noche. —Esto último lo dijo con un inconfundible tono irónico en la voz—. Siento de veras decir que debo irme, ya que mi madre me requiere a su lado.

—Para un buen hijo es obligatorio atender los deseos de su madre —contestó Perséfone con gesto comprensivo.

—Por supuesto —confirmó Dalforth—. Me alegro mucho de haberla conocido, señorita Lancaster —dijo dirigiéndose a Atenea.

—Lo mismo digo, señor Dalforth —contestó una sonriente Atenea.

Harry se animó ante el hecho incontestable de que la sonrisa que le había dirigido a él había sido apreciablemente más amplia que la dedicada a Dalforth.

Tan pronto como Dalforth hubo dejado el grupo, el señor Howard volvió a la carga con el tema de conversación abandonado debido a su despedida.

—¿Qué otros árboles se cuentan entre sus favoritos, señorita Lancaster?

—Bueno... yo... —A Harry hasta le pareció ver sus pensamientos rebuscando una respuesta que no sonara ligera—. Hay un acebo muy grande cerca de la entrada de Falstone Castle.

—Un acebo... —repitió el señor Howard asintiendo con gravedad y frunciendo el ceño mientras reflexionaba.

—¿Acompañamos a las damas a sus asientos? —sugirió Harry, lo que sacó al señor Howard de sus ensoñaciones arbóreas.

De hecho, acogió la propuesta con indisimulado entusiasmo, aunque no ocurrió lo mismo con Atenea, que lo miró un instante, lo suficiente para transmitirle su sorpresa. Por pura educación, tuvo que aceptar el brazo que le ofreció el señor Howard, así como aguantar la interminable lista de especies de hoja perenne y caduca que el caballero siguió recitando mientras avanzaban hacia los sitios que ocupaban ella y su hermana.

La despedida de Howard fue tan agotadora como cabía esperar. Harry, que había acompañado al evento a ambas damas, se sentó entre Atenea y su hermana, sin tener que renunciar a su presencia.

—Señor Windover, ¿hay alguna razón que yo no sea capaz de comprender por la que nos ha presentado al señor Howard? —preguntó Atenea susurrando apenas por encima del ruido de sillas acomodándose.

Parecía un tanto molesta, cosa que Harry se tomó como una buena señal.

—¿Es que no le ha gustado el caballero? —preguntó inocentemente.

—La cuestión no es que no me haya gustado —replicó Atenea—, sino que me pregunto si es que usted pensaba que iba a gustarme... Nunca lo había visto tan empeñado en presentarnos a Perséfone y a mí a alguno de sus amigos.

¿Amigo? Desde luego, Howard no entraba en esa categoría.

—Querida —empezó Harry, utilizando la palabra a propósito para observar con atención cómo reaccionaba Atenea. Pareció no darse cuenta, pues no hubo reacción—, ¿debo asumir que el señor Howard no cumple los prerrequisitos básicos de su búsqueda de marido?

—¿Perdone? —preguntó Atenea con un susurro perplejo.

—Puedo asegurarle que es todo un caballero perfectamente elegible. Ayer me informó usted de que esos eran sus criterios de búsqueda. —Harry hizo un esfuerzo titánico para mantener el tono neutro y el gesto serio—. Pensaba que se alegraría de contemplar en carne y hueso la plenitud de sus sueños y esperanzas.

—Pero ¿qué sabe usted de mis sueños y esperanzas? —preguntó Atenea, apartando la vista de él y dirigiéndola al pianoforte del escenario.

«Te puedo garantizar que yo sé más de los tuyos que tú de los míos».

—Una vez más, tengo que recordarle lo que me dijo hace menos de veinticuatro horas —dijo Harry con voz audible para ella, pero en tono bajo—. Un caballero en el más amplio sentido de la palabra y que sea apto. No soy capaz de ver por qué el señor Howard no cumple tales requerimientos. A no ser que haya otras cosas que busque en un potencial pretendiente y que no me haya usted contado.

Atenea se volvió y lo miró con gesto de creciente desagrado.

—Me gustaría mucho que un caballero que aspire a mi mano pueda aportar a una conversación algo más que una lista inagotable de flora.

—O sea, que el hombre que quiera ganarse su corazón debe ser un caballero, apto y buen conversador —dijo pronunciando los requisitos despacio, como si los estuviera memorizando.

—Y no tan serio —añadió Atenea negando con la cabeza—. Debo suponer que el señor Howard podría mejorar con el trato, pero, no sé por qué, tiendo a dudarlo. Difícilmente podría soportar la compañía continua de un hombre tan... sombrío.

—Caballero, apto, buen conversador y con cierto grado de alegría. —Harry asintió con gesto de aprobación—. En cuanto encuentre a alguno así me aseguraré de presentárselo de inmediato.

La reanudación de la típica música de los eventos de la temporada evitó la respuesta de Atenea, si es que se iba a producir alguna.

La mente de Harry no se centró en el concierto. La lista de Atenea había pasado a ser bastante más completa, y justo eso era lo que había pretendido con la presentación del plúmbeo señor Howard. Pero aún no tan específica como para poder evitar una unión catastrófica. La pregunta seguía en pie: ¿qué rasgo esencial de carácter debía mostrarle para poder avanzar?

Capítulo 4

Evidentemente, no había sido una buena idea.

Atenea, tensa, observaba a Adam con el rabillo del ojo. No estaba contenta. Ni lo más mínimo. En un momento saldrían para acudir a otro baile al que Adam tampoco tenía intención de acudir. Parecía que era el momento oportuno para que Perséfone sacara a colación un tema difícil, pero las cosas no habían ido como ambas hermanas esperaban que fueran.

—Toda joven debutante debe tener su baile de presentación, Adam —declaró Perséfone en voz baja, aunque clara y firme—, y por nuestra parte sería imperdonable no ofrecerlo. Tú eres su protector, su cuñado, su patrocinador social. Ofrecer un baile de presentación en honor de Atenea es una obligación para nosotros.

—Ya bailé con ella en el de los Debensham —replicó Adam con tono cortante—. No creo que la sociedad espere más de mí.

Atenea estaba también en la sala de estar, lo suficientemente cerca de ellos como para oír la conversación, pero lo suficientemente lejos como para no ser vista. Recostada en un sillón de respaldo alto, se sentía preocupada y nerviosa, con los ojos cerrados y frotándose las sienes con las puntas de los dedos, deseando que la discusión entre los esposos terminara cuanto antes. Perséfone estaba convencida de que su marido no pondría reparos al baile, aunque cualquier acto social le desagradara profundamente. Por su parte, a Atenea no le gustaba nada la idea de llevarlo al límite. Había oído contar mil anécdotas a propósito del terrible carácter del duque. Aunque nunca había presenciado directamente ningún acto violento, no dudaba de que se merecía con creces su reputación.

—No proclame todavía la derrota —dijo el señor Windover en voz muy baja, casi un susurro. Estaba a su lado y había sido testigo de la propuesta de la duquesa, pero no de la discusión consiguiente—. Adam no ha dicho tajantemente que no. Te garantizo que si estuviera en contra de ofrecer el baile, la conversación habría terminado en ese mismo momento.

—Pero está clarísimo que no le gusta la idea —indicó Atenea en un susurro. Como siempre, la presencia del señor Windover era apaciguadora—. No sé cómo podríamos convencerlo de que acceda a celebrarlo.

Miró al señor Windover, que sonreía como de costumbre. Había un brillo en sus ojos que había aprendido a reconocer e interpretar conforme lo iba conociendo mejor. Indicaba genuina diversión, y no a costa de nadie, sino procedente de su interior, de una alegría de vivir inherente a su persona. Estaba claro que se había unido a la cruzada para lograr que el duque, alérgico al contacto social, invitara a las hordas de la alta sociedad londinense a invadir su casa. Atenea lo retó en silencio con la mirada para que le explicara el porqué de su ilógico optimismo. La sonrisa de Harry dio paso a un gesto a medio camino entre la suficiencia y la ironía.

Ni corto ni perezoso, se metió de lleno en la conversación. La preocupación de Atenea se convirtió en alarma al escucharle.

—Adam, supongo que te das cuenta de que te vas a ver obligado a extender una invitación formal a nuestro estimado príncipe. Será la principal tarea tras la meticulosa elaboración de la lista de invitados.

Adam volvió la cabeza rápidamente hacia el señor Windover con expresión fiera.

—¡Señor Windover! —susurró Atenea horrorizada.

—Tenga fe, querida —musitó el señor Windover de forma casi inaudible. Después alzó la voz para seguir dirigiéndose a Adam—. No voy a ser el único que esté en ascuas hasta saber si acude o no.

—¿Acaso crees que el príncipe podría atreverse a rechazar mi invitación? —espetó Adam.

—¿Es que quieres que venga? —preguntó Windover.

—¡Qué me aspen! Preferiría pasear desnudo por Hyde Park.

—¡Adam! —lo amonestó Perséfone echando una rápida mirada en dirección a Atenea, que posiblemente hubiera debido escandalizarse. Pero el tiempo que había pasado con su cuñado la había inmunizado ya contra casi todo lo que pudiera decir. Todavía podía asustarse, sí, pero sorprenderse, en absoluto.

—Pero si el príncipe no asiste al baile... —insistió el señor Windover.

—¡Organizaré el maldito baile y veremos si se atreve a no acudir!

—Y en eso precisamente radica la diversión. Hasta puede haber apuestas. —explicó el señor Windover sonriendo y dejándose caer tranquilamente en un sillón cercano al de Atenea—. Nuestro príncipe va a recibir una invitación que no se atreverá a rechazar, pero que le aterroriza aceptar.

Adam se quedó callado, como petrificado. Atenea miró alternativamente a todos. Perséfone, con expresión esperanzada, no le quitaba ojo a Adam. El señor Windover, como siempre, tenía cara de estar pasándoselo bien, aunque sin estridencias. Adam reflexionaba con intensidad.

—Georgie se comportó de forma muy maleducada en la última recepción —afirmó el duque. Atenea asumió que «Georgie» era su forma de referirse al príncipe de Gales, aunque era la primera vez que oía a nadie llamarlo así.

—El miedo paralizante hace que las personas se comporten de esa manera —observó Harry.

Atenea contuvo la sonrisa.

—Ese pedazo de carne sin seso se merecía la más abyecta de las humillaciones —estableció Adam, como si insultar de esa forma al príncipe heredero de su país fuera la cosa más normal del mundo—. Organiza tu baile, Perséfone —dijo Adam con tono autoritario—. Pero deja que sea yo quien redacte la invitación a la familia real.

—Dejemos que tu hermana exprese su agradecimiento —sugirió el señor Windover incorporándose y tendiendo la mano a Atenea para ayudarla a hacer lo propio. Cuando pasaron junto a Adam añadió—: Voy a buscar la capa de la señorita Lancaster y ver si ha llegado ya el carruaje.

—Harry, prácticamente vives aquí —dijo Adam seco—. Si os sigo escuchando los «señorita» y «señor» constantemente durante lo que queda de temporada, os aseguro que uno de vosotros no va a llegar vivo a las Navidades. Y ya sabes a quién le va a tocar...

Atenea se puso tensa, pero Harry se echó a reír.

—Muy bien. Aunque solo sea por el motivo egoísta de conservar la salud y puede que algo más, me esforzaré en utilizar el nombre de pila en esta casa y en privado.

—No creo que sea ningún esfuerzo —dijo Adam— Hazlo y ya está.

—Ya veremos... Lo cierto es que nunca me has dicho que me vaya, Adam —comentó Harry como si tal cosa—. Y eso que me has amenazado con hacerlo varias veces.

—No me tientes...

—Y si dejo de poner en práctica uno de mis pasatiempos favoritos, ¿cómo voy a emplear el exceso de tiempo libre que me quede?

Adam entrecerró los ojos y Atenea le golpeó el brazo extraordinariamente asustada, pensando que esta vez estaba yendo demasiado lejos con su cuñado.

—Harry, ya está bien —intervino Perséfone—. No tengo ganas de que mi marido y tú lleguéis a las manos y deis que hablar a todo el mundo.

El señor Windover rio entre dientes y condujo a Atenea fuera de la habitación. La puerta se cerró con estrépito cuando hubieron salido.

—La verdad es que son un poco desagradables, ¿no te parece? —comentó el señor Windover.

—Yo no los entiendo —confesó Atenea—. Adam es hosco e inaccesible, y no obstante Perséfone está muy enamorada de él, eso se nota a la legua.

—«Hosco e inaccesible». —Parecía sopesar su elección de adjetivos—. En mi opinión son los descriptores más pulcros que se han asociado nunca a Adam.

El comentario le trajo otra cosa a la cabeza a la joven.

—¿Adam suele referirse en público al príncipe heredero como «Georgie»?

—Solo cuando está especialmente enfadado con él —respondió el señor Windover con su habitual tono jocoso—. Ese apelativo fue el que estuvo a punto de acabar en el famoso pero nunca celebrado duelo.

—¿De verdad? —preguntó Atenea intrigada.

—Adam se dirigió al príncipe como «Georgie» en su propia cara en una reunión bastante importante de lo más granado de la aristocracia británica. El enfado de su alteza real fue mayúsculo, como te puedes imaginar, y no se le ocurrió otra cosa que decirle algo bastante inconveniente a Adam. Y eso fue lo que llevó a Adam a retarlo a un duelo.

—¡Madre del amor hermoso! —exclamó Atenea—. ¿Retar a un duelo al príncipe? ¿Y cómo reaccionó? Supongo que lo que dijo tuvo que ser algo muy... fuera de lugar si llevó a Adam a retar de esa manera al heredero de la Corona.

El señor Windover sonrió, y al ver el brillo maligno y juguetón de sus ojos, Atenea empezó a darse cuenta de que era muy habitual en él.

—Supongo que te imaginas que fue un insulto tremendo, ¿no?

Atenea sonrió.

—Igual estás esperando una expresión tan barriobajera y horrenda que me haga dudar de si sería apropiado repetirla delante de una señorita tan gentil e inocente como tú.

—Podría ser, pero por tu tono me está dando la impresión de que no es exactamente así.

—Muy lista, Atenea... y por cierto, solo me atrevo a tutearte debido a la insistencia de tu protector, no por ser maleducado ni presuntuoso.

—¿Quieres decir que sí que eres maleducado y presuntuoso normalmente, aunque no en este caso concreto?

Windover se rio ante ese golpe de ingenio y a Atenea le gustó que lo hiciera. Evander había sido siempre su compañero de bromas y duelos intelectuales. Lo había echado mucho de menos durante los años que había pasado surcando los mares y seguía llorándolo tras su muerte en combate hacía solo un año. Nunca creyó que podría encontrar algún otro que disfrutara con ese tipo de juegos de ingenio.

—Igual serías tan considerada y amable como para perdonar a este presuntuoso maleducado si tienes en cuenta el hecho de que he sido capaz, sin demasiada ayuda, tengo que decir, de conseguir que Adam ofrezca tu baile de presentación en sociedad —dijo el señor Windover—. Que lo haya logrado yo, siendo como soy, ha sido casi milagroso, ¿verdad?

—Aún no entiendo cómo lo ha logrado, señor Windover —dijo Atenea al recordarlo, esta vez sin asomo de ironía—. Ya pensaba que se trataba de un caso perdido, pero lo cierto era que le dio la vuelta a la situación como a un guante.

—Por favor, llámame Harry cuando estemos solos o con tu familia —pidió—. No me gustaría que Adam pensara que no cumplimos sus dictados. No termina de gustarle ver contravenida su autoridad.

Atenea soltó una risita, segura de que esa era la intención del señor Windover, es decir, de Harry.

—Entonces quieres que te cuente uno de los secretos mejor guardados de Adam, ¿no es así? —dijo Harry en tono burlonamente conspiratorio—. Es algo muy serio y que pondría mucho poder en manos de una persona tan joven. No sé si debo...

—Caballero, ya tengo diecinueve años —informó Atenea con tono falsamente indignado y un exagerado aire de superioridad.

—Una anciana, habría que decir.

—Si yo soy una anciana, usted es una pieza de arqueología.

—Sí —concedió Harry pesaroso—. De hecho, llevo a cuestas nada menos que nueve años más que usted.

—Decrépito... —calificó Atenea riendo entre dientes.

—Siendo así, será mejor que divulgue este secreto que tan celosamente guardo antes de que los efectos de la vejez lo borren de mi ya incierta memoria —dijo Harry con tono grave—. Aunque te cueste creerlo, Adam y Perséfone están asquerosamente enamorados el uno del otro. Por lo que respecta a Adam, estoy en condiciones de decir que es capaz de hacer cualquier cosa por su esposa. Cualquier cosa. Pero como se ha pasado la vida haciendo lo que le ha venido en gana sin consultar ni hacer caso a nadie, muchas veces tiene que pelearse hasta consigo mismo para agradarla. El infame duque de Kielder nunca cede ni un milímetro, nunca da su brazo a torcer ni se sale de la rutina. La clave a la hora de asegurarse su cooperación consiste en darle un motivo para cambiar sus planes o inclinaciones iniciales siempre que no afecte, o incluso contribuya, a su intimidante reputación.

—O sea, que, si lo entiendo bien, lo que haces es inventarte excusas amenazadoras para conseguir que hagas cosas normales.

—No son excusas —corrigió Harry—. Se trata de razones legítimas para Adam, y gracias a ellas se consigue que haga cosas que todo el mundo consideraría impensables y contrarias a su carácter.

—¿Como conseguir que su esposa organice un baile?

—Exactamente —dijo Harry—. Él jamás le negaría algo que ella desee de verdad. La ama demasiado como para defraudarla si tiene la capacidad de evitarlo. Pero le cuesta ir contra sus costumbres. Así que, de vez en cuando, tengo que estrujarme el cerebro para encontrar razones enrevesadas que logren que haga feliz a su esposa.

Atenea analizó la explicación de Harry y terminó negando con la cabeza. Parecía asombrada.

—Y la posibilidad de incomodar a su alteza real es no solo enrevesada, sino altamente gratificante para Adam, ¿no es así?

—Por poco, pero alcanza el nivel.

—¡Por Dios! —dijo riéndose, en parte porque le divertía, pero también de puro asombro.

—El carruaje está preparado, señor Windover —informó el mayordomo, abriendo la puerta para dejarlos pasar, mientras una doncella cubría los hombros de Atenea con una capa.

—¡Excelente! —La cantarina voz de Perséfone sonó tras ellos. Los rodeó y se colocó a su lado. Tenía las mejillas muy coloreadas y una amplísima sonrisa en la cara.

Atenea la siguió del brazo de Harry y enseguida apartó de su mente la razón por la que su hermana estaba tan ruborizada y alegre. Era francamente difícil para ella imaginarse al terrorífico duque de Kielder haciendo algo tan tierno y sensible como besar a su esposa.

—Tienes una lamentable falta de curiosidad, Atenea —dijo Harry con tono de reproche.

—¿De curiosidad? —¿Se refería al momento de intimidad que seguramente habían compartido sus excelencias? Seguro que no se refería a eso... ¿o sí?

—¿Acaso no te apetece saber qué le dijo nuestro infortunado príncipe al terrorífico duque como para que este lo retara a enfrentarse en el campo del honor?

—No me puedo ni imaginar qué fue lo que provocó semejante reacción —respondió Atenea devolviéndole la sonrisa.

—Fue inexcusable —dijo, pero con una sonrisa burlona entre dientes—. Su alteza real, tras oír que el terrorífico duque le llamaba «Georgie», clavó sus ojos en los de Adam y dijo: «¿Cómo se atreve, Kielder?». Y Adam no tardó ni un segundo en asegurar al príncipe que no solo se atrevía a eso, sino también a retar a su alteza real donde fuera y a la hora que fuera, y con las armas que él decidiera. Además, aconsejó a nuestro príncipe que se hiciera acompañar por el cirujano más competente de Londres por si acaso Adam no fuera tan certero como solía.

—Queriendo decir que Adam podría herir accidentalmente a su alteza, claro...

—No —rectificó Harry—. Queriendo decir que Adam pudiera «no matar» a su alteza real, y que en ese improbable caso tuviera la necesidad de un excelente cirujano. A Adam no le gusta despistar: sea quien sea su oponente, jamás fallaría a propósito. Engañar no es propio de verdaderos caballeros.

Atenea no pudo evitar abrir los ojos como platos. En pocas palabras, Adam había amenazado de muerte a un prominentísimo miembro de la familia real británica.

—Pero ¿no has dicho que el príncipe se disculpó con Adam?
—Al instante.

Atenea se detuvo justo al lado del carruaje y volvió la cabeza para mirar a Harry.

—¿Adam le habría disparado a muerte al príncipe si se hubieran enfrentado?

—No —respondió sonriendo tranquilizadoramente—. Pero la cosa es que el príncipe no estaba del todo seguro de ese extremo ni Adam tenía la intención de aclararlo.

—Así que el príncipe no corrió el riesgo.
—Hay riesgos que no merece la pena correr —aseveró Harry.
—¿Hay riesgos que tú no correrías si Adam está de por medio? —Atenea lo dudaba.

Pero Harry no respondió a eso. Se limitó a ofrecerle la mano para ayudarla a subir y se mantuvo en silencio hasta llegar a su destino de esa noche.

Capítulo 5

Gracias a la clamorosa ausencia de Adam, Atenea era la indiscutible reina del baile. Los caballeros se arremolinaban a su alrededor. Las entusiastas miradas que recibía desde todos los ángulos dejaban a las claras que, incluso antes de que la temporada breve llegara a su fin, ese reinado culminaría en boda, incluso antes de Navidad, dada la velocidad a la que coleccionaba pretendientes.

Harry procuraba con todas sus fuerzas no pensar en el éxito arrollador de la joven mientras erraba pensativo por el salón de baile. Había una persona en particular que deseaba presentar a Atenea cuanto antes. Adecuado en todos los aspectos, un auténtico caballero y, como poco, alegre y nada circunspecto. Hasta ese momento, esos eran los requisitos mínimos que había establecido Atenea. Pero no eran suficientes como para prevenir el desastre.

Movió la cabeza. ¿Cuándo había asumido el papel de evitar desastres autocreados?

—Parece claro que la señorita Lancaster ha sido declarada la joya más maravillosa de la temporada. —Charles Dalforth estaba al lado de Harry dando un indiferente sorbo a su copa de champán.

—Mira por dónde, estaba pensando exactamente lo mismo —indicó Harry. Aunque a regañadientes, tenía que admitir que, tras haber hablado con él varias veces desde la velada musical de los Hardford, Dalforth podía ser un buen aspirante a cortejar a Atenea. Harry había empleado bastante tiempo buscando algún problema fatal que se lo impidiera, pero no había encontrado nada capaz de desacreditarlo. Hasta la edad era adecuada, pues era tres años más joven que el propio Harry.

—No obstante, sería muy clarificador ver qué porcentaje de sus ansiosos admiradores abandonarían el campo de batalla cuando su excelencia el duque de Kielder apareciera de nuevo —observó Dalforth.

Harry no tuvo más remedio que sonreír ante el atinado comentario.

—Mi predicción es una huida masiva.

Dalforth rio la gracia entre dientes.

—Tal como yo lo veo, todas las hermanas de la duquesa van a tener que casarse con caballeros cuyo valor raye en lo heroico. O, dicho de otra forma, que carezcan del más mínimo instinto de conservación.

Valiente. Para sus adentros, Harry le dio las gracias a Dalforth. Sin duda, se trataba de otro de los rasgos de carácter que estaba buscando Atenea. Y no solo porque un tipo cobardón nunca sería capaz de desplegar la valentía suficiente como para presentarse ante Adam y pedirle la mano de la joven, sino porque, y eso era lo más grave, un marido apocado y sin coraje inevitablemente alejaría a Atenea de su familia. Adam no tenía paciencia con los cobardes y se encargaría de hacerle la vida imposible a semejante individuo cuando estuviera en su presencia. Y, a la larga, eso significaría un inevitable alejamiento entre Atenea y sus hermanas.

—En estos momentos, la señorita Lancaster está bailando con el señor Howard —informó Dalforth señalando casi imperceptiblemente con la barbilla en dirección a la pista de baile—. No creo que te esté muy agradecida por haberle presentado a semejante espécimen, Windover. —Dalforth sonreía la mar de divertido.

Harry tuvo que reírse a pesar de sí mismo.

—No se lo presenté para que me lo agradeciera.

Dalforth lo miró un tanto sorprendido.

—¿Acaso querías molestarla? —preguntó con tono de reproche.

—En absoluto —lo tranquilizó. Al parecer, Dalforth se consideraba a sí mismo una especie de protector de Atenea. A Harry no le gustó ni un pelo la idea—. La joven es extraordinariamente inexperta —explicó Harry— y sabe poco acerca de la forma de ser de las personas. Creo que es conveniente para ella que trabe conocimiento, siquiera sea superficial, con distintos tipos de caballeros, para que así pueda tomar una decisión lo suficientemente sólida e informada cuando llegue el momento.

—¿Y de verdad crees que puede servir de algo trabar conocimiento con un pelmazo? —preguntó retóricamente Dalforth riendo entre dientes. Al parecer, había recuperado el sentido del humor.

Harry sonrió.

—Así aprenderá a agradecer y apreciar la compañía de un caballero que tenga intereses parecidos a los de ella.

—O, al menos, que tenga algún interés, podríamos decir en este caso —remachó Dalforth antes de soltar una maligna carcajada—. El señor Howard es como esos perrazos sosos y aburridos, aunque tampoco tiene ningún peligro, la verdad.

—Una comparación muy precisa —admitió Harry sintiendo una involuntaria simpatía por el caballero.

—Pareces sentirte usted muy a gusto en el papel de guía fraternal.

«¿Fraternal?» La ironía de la palabra elegida era enorme. Sus sentimientos por Atenea no podían estar más lejos de los que tendría un hermano. No obstante, las palabras de Dalforth demostraban que Harry estaba representando el papel de mentor de la joven de una forma de lo más convincente.

Sus ojos siguieron a Atenea en su discurrir por la pista de baile con el plomizo señor Howard. La mirada de sorpresa que la mayoría de la gente solía lanzar a Howard apareció en el rostro de Atenea, y Harry se preguntó qué habría dicho esta vez. ¿Habría citado otro árbol de Essex? Harry sonrió al pensarlo.

Howard estaba haciendo mucho a la hora de demostrar los puntos de vista de Harry. Poder conversar era un rasgo importante, sí, pero entablar una conversación de un nivel intelectual mínimo era bastante mejor. Harry estaba seguro de que Atenea empezaba a darse cuenta de ello.

En ese momento captó con el rabillo del ojo a la persona que llevaba buscando durante toda la velada. Cameron Peterbrook cumplía todos los requerimientos que hasta ese instante había expresado Atenea. Era el hijo menor de un vizconde, es decir, miembro de una familia de la nobleza. No estaba comprometido, así que era socialmente aceptable y, por tanto, apto y elegible. Harry sabía también que era razonablemente inteligente, buen conversador y no demasiado serio ni circunspecto. Parecía tener todo lo que Atenea parecía desear en un hipotético marido.

Harry sonrió maliciosamente y echó a andar en dirección al caballero.

※※※

Harry parecía estar de buen humor. Aunque, la verdad sea dicha, Atenea nunca lo había visto serio, triste o enfadado. Lo que pasa es que ahora parecía sonreír más de lo habitual, eso era todo. Puede que, simplemente, estuviera contento por ella. Este baile, el segundo de «su» temporada, estaba siendo incomparablemente mejor que el primero.

Al igual que había sucedido en el baile de los Debensham, Harry le había solicitado el baile de honor y en estos momentos la acompañaba, junto a Perséfone, al salón de la cena.

—Muchas gracias, señor Windover —dijo Atenea de manera educada mientras dejaba el plato delante de ella. En un entorno social como este había que mantener las formas, a no ser que pudieran hablar en voz lo suficientemente baja como para no ser oídos por nadie—. Sobre todo por los macarrones —recalcó sonriendo.

—Creí recordar que era uno de sus platos favoritos —dijo Harry con ojos chispeantes—. Debo recordarle que Artemisa ha profetizado que usted morirá de un atracón de macarrones antes de cumplir los veinticinco.

Atenea y Perséfone rieron al recordar la ocurrencia de su hermana pequeña. Artemisa, a la edad de nueve años, era una niña extraordinariamente espontánea y ocurrente. Y tan encantadora que nadie era capaz de reprocharle nada de lo que dijera.

—No me cabe la menor duda de que durante los próximos diez años o más Artemisa va a estar diciéndonos siempre a todos las verdades del barquero—comentó Perséfone meneando la cabeza.

Los tres sonrieron ante el acertado comentario y empezaron a degustar las viandas ofrecidas por el anfitrión.

—¡Windover, viejo amigo! ¡Aquí estás! —Una voz que arrastraba un poco las palabras captó la atención de Atenea. Junto a la mesa había un caballero que descansaba el peso sobre uno de los pies, la mano apoyada en esa cadera y mirándolos con sonrisa satisfecha. Iba perfectamente vestido, sin una sola arruga en la impecable levita negra. El nudo del pañuelo de cuello era de una perfección geométrica pitagórica y merecería haber sido esculpido por un maestro contemporáneo del matemático griego. Y nadie podía negar su extraordinario atractivo, so pena de ser tildado de loco.

—¡Ah, Peterbrook! —dijo Harry dedicándole una amplia sonrisa al extraño—. Bienvenido, bienvenido. Su excelencia —empezó volviéndose a Perséfone—, es un placer presentarle al señor Peterbrook de Caddleford, condado de Lancashire. —Perséfone inclinó la cabeza lo mínimo. Representaba maravillosamente el papel de duquesa altiva. Atenea tenía dificultades para controlar la sonrisa cuando su hermana se ponía la máscara social. —Peterbrook, tengo el honor de presentarte a su excelencia la duquesa de Kielder.

Intercambiaron las fórmulas sociales habituales y, tras ellas, Perséfone le presentó a Atenea. Harry invitó a Peterbrook a que se sentara con ellos, lo que este aceptó con una elegante sonrisa. Tras la conversación con el señor Howard acerca de los mejores lugares para ver olmos, que ocupó la mayor parte del tiempo que había durado el baile regional con él, pese a que no habían conversado ni siquiera media docena de veces, Atenea echaba de menos una conversación como Dios manda. Pese a su intención inicial de no elaborar una lista con los requerimientos que debía cumplir un buen marido, lo cierto es que mentalmente la había hecho. Y la buena conversación estaba a la cabeza de dichos requerimientos. Por otra parte, aunque de forma casi inconsciente, en ese momento estaba añadiendo «atractivo» a la misma.

—De Weston, ¿verdad? —preguntó Harry dirigiendo la cabeza a la levita de Peterbrook.

—Ni qué decir tiene —confirmó el señor Peterbrook enarcando una ceja debido al asombro que le había causado una pregunta de tan obvia respuesta—. Supongo que no habrás pensado ni por un momento en la posibilidad de que yo le encargue la ropa a un sastre de menor categoría, ¿verdad? —De nuevo, un gesto de asombro.

—No, por Dios, ni se me habría ocurrido —lo tranquilizó Harry con una sonrisa—. Solo confirmaba lo que sabía con certeza.

—Un verdadero caballero no puede subestimar la importancia de un sastre competente —informó el señor Peterbrook con aire de autoridad.

—¿De verdad? —se arriesgó a preguntar Harry. Atenea lo miró. Hubo algo en su tono que le resultó extraño. El interés con el que reforzó el tono de la pregunta le pareció demasiado grande como para ser real, aunque de todas formas no detectó el menor atisbo de ironía. Y eso no era nada habitual en Harry.

—¡Por supuesto! —El señor Peterbrook miró a Harry, que estaba frente a él al otro lado de la mesa. Su expresión pasó del genuino asombro a algo parecido a la pena—. Si uno quiere tener el mejor aspecto posible, lo cual, como todos sabemos, es esencial, la calidad y presencia de su levita es, ¿cómo diría?, primordial.

—No creo que esa regla sea de aplicación universal, Peterbrook —se atrevió a decir Harry. Esta vez sí que pudo captar una mínima curvatura en la comisura del labio inferior—. Me atrevería a decir que para una dama, «la calidad y presencia de su levita» no viene al caso.

Atenea contuvo la risa. Harry había encontrado inmediatamente una grieta en el razonamiento de Peterbrook. Las damas no vestían levita en eventos sociales formales.

—Y, sin embargo, la calidad de «nuestras» levitas sin duda debe ser tomada en consideración por las damas refinadas y de buen gusto —replicó Peterbrook—. Una levita que siente mal, o rematada por un pañuelo cuyo nudo no esté bien hecho, o de un hilo de baja calidad, puede suponer un auténtico desastre social para alguien no tan versado como yo en estos importantes asuntos. —Culminó el punto de vista con una sonrisa tan devastadora como la que compuso al sentarse a la mesa.

—Entre los caballeros se te considera un auténtico árbitro de la elegancia, debo decir —dijo Harry con tono de reconocimiento.

—Eso es exacto —confirmó Peterbrook—. Y esa es una de las distinciones de las que un caballero puede sentirse orgulloso de verdad.

—¿De verdad...? —repitió Atenea, incapaz de esconder la incredulidad en el tono y la expresión.

El señor Peterbrook la miró sonriente, como si hubiera mostrado un acuerdo total con lo que él había dicho.

—Creo que al duque de Kielder se le considera un caballero de gran influencia en la Cámara de los Lores —dijo Atenea—. ¿Cree que se trata de una distinción de la que un caballero podría sentirse orgulloso... de verdad?

A Atenea le pareció distinguir por el rabillo del ojo que Harry contenía una sonrisa, pero no podía estar segura, dado que no apartó la mirada de Peterbrook para no perderse su reacción.

—Dado que su excelencia siempre viste de manera impecable, el tener influencia en el poder legislativo y ejecutivo de la nación, y además vestir impecable, supongo que puede considerarse algo natural. En todo caso, no se puede pasar por alto el hecho de que en ningún caso podría considerarse un hombre guapo.

—Da usted mucha importancia a las apariencias, señor Peterbrook. —Cualquiera que conociera a fondo a Perséfone habría detectado la enorme frialdad de su tono. Durante su infancia, Adam sufrió un tremendo corte en la cara, lo que le dejó una cicatriz grande y visible. Sin duda, esa era la razón de lo que había afirmado el señor Peterbrook acerca de la falta de atractivo de Adam. Perséfone no podía tomarse el comentario a la ligera. No obstante, el señor Peterbrook, como ya había comprobado, solía dar por hecho que todos los comentarios, fueran los que fuesen, se hacían para darle la razón.

—¿Es que hay algo más importante que las apariencias, duquesa? —preguntó con una amplísima y seguramente muy ensayada sonrisa.

¡El individuo era más superficial que un charco de agua! «¿Es que hay algo más importante que las apariencias?». ¿De verdad podía estar convencido de eso? Lo parecía, desde luego.

—Además, estoy convencido de que cuando uno tiene la suerte de tener un buen aspecto —continuó con una amplia sonrisa, incapaz de darse cuenta de la falta de entusiasmo que despertaba entre sus interlocutores—, no debe tomárselo a la ligera, sino complementar la belleza física con todo lo que contribuya a poner aún más de manifiesto el casi perfecto trabajo de la naturaleza.

—¿Casi perfecto? —repitió Perséfone sin perder la frialdad del tono, pero reprimiendo apenas la risa.

—Eso me han dicho —confirmó el señor Peterbrook estirándose la manga de la levita.

Sin poder contenerse, Atenea entró en la conversación. Era como si las absurdas afirmaciones del señor Peterbrook la forzaran a intentar entender lo que decía.

—Debo deducir que tiene una opinión acerca de quién tiene la suerte de compartir con usted la distinción de ser «casi perfecto».

—Hay muchos... —hizo una pausa dramática— que se acercan.

—Pero que no igualan su nivel de... —Atenea buscó la palabra adecuada.

—... perfección —completó Peterbrook sin dudarlo.

—Así pues, ¿no hay nadie que le iguale, caballero? —preguntó Atenea para concluir. El desagrado que le producía la forma de ser del señor Peterbrook empezaba a superar con creces la admiración por su atractivo físico.

Peterbrook la miró de forma al tiempo evaluativa y especulativa, tanto que Atenea empezó a sentirse de lo más incómoda sabiendo que la estaba juzgando.

—Señorita Lancaster —empezó por fin con tono aprobador—, si se pusiera usted un atuendo de montar de color verde, con un tono parecido o que haga juego con el de sus ojos, me atrevo a decir que no me avergonzaría en absoluto de que se me viera cabalgando a su lado. De hecho, creo que si se nos viera juntos, usted de verde y yo de azul marino para complementar el tono sin igual de mis ojos, se nos consideraría una pareja absolutamente completa. Y el estar en mi compañía no haría más que realzar su atractivo ante todos los que nos vieran juntos.

Atenea no sabía si agradecerle lo que había dicho o sentirse agraviada. Así que se quedó sentada, confundida y sin saber qué decir, mientras el señor Peterbrook sonreía satisfecho.

—Debo decir que su forma de hacer cumplidos es... única, señor Peterbrook —dijo Perséfone con un tono que estaba muy lejos de ser elogioso.

—Eso me dicen muy a menudo. —El señor Peterbrook era inasequible al desaliento.

—Señor Peterbrook, sabiendo su genuino y encomiable interés por mantener una apariencia casi perfecta, incluso yo diría que sin casi —dijo Harry, interviniendo de nuevo en la conversación tras varios minutos de silencio—, me veo en la imperiosa obligación de informarle de que parece que le ha caído una gota de salsa, o de otra cosa, en el pañuelo.

El gesto de horror del señor Peterbrook fue inmediato e impagable. Bajó los ojos para mirar el pañuelo de cuello y encontró la diminuta aunque ofensiva mancha. A una velocidad que rozó la falta de educación, se levantó, hizo las pertinentes inclinaciones como un autómata, se excusó y se marchó como alma que lleva el diablo.

Tras un momento de asombrado silencio, Perséfone fue la que lo rompió.

—A Adam le encantará saber que no se le considera un «árbitro de la elegancia».

Lo dijo en tono muy serio, pero tanto Atenea como Harry rompieron a reír. A Adam no le importaba en absoluto lo que pensaran los demás acerca de cómo vestía.

—Pero, ahora que lo pienso, será mejor no mencionar a mi casi siempre iracundo marido todo lo que piensa de él el señor Peterbrook —añadió Perséfone—. No creo que le guste saber que nunca podría ser considerado «atractivo», pese a que tal apreciación carezca de la más mínima verosimilitud.

—Pero al parecer es cierta, según la valiosa opinión del señor Peterbrook.

—¿«Valiosa»? —reaccionó Atenea, aunque en tono lo suficientemente bajo como para no ser oída más allá de su grupo—. Me da exactamente igual lo bien que se ajusten las prendas que confecciona su sastre, pues no le doy el más mínimo valor a lo que ese petimetre piense de una persona. Sin la menor duda, el señor Peterbrook es la persona más superficial y narcisista que he tenido la desgracia de conocer.

—¿Debo deducir que está descartado en la carrera para cortejarte, Atenea? —preguntó Harry inclinándose hacia ella y hablando tan bajo que la joven apenas entendió sus palabras.

—¿Cómo podrías pensar otra cosa? —replicó Atenea en idéntico tono.

—Te puedo asegurar que es un caballero apto y elegible. Y debes admitir que capaz de mantener una conversación... interesante. Tampoco es en exceso serio ni sombrío. —Se encogió un poco de hombros—. ¿No eran esos tus requerimientos en lo que respecta a los aspirantes a tu mano?

—Bueno, quizás debería añadir a su lista cierta... profundidad de carácter y una saludable dosis de humildad, señor Windover —respondió Atenea frunciendo los labios. ¡Vaya con el tipo! La estaba forzando a elaborar una lista que distaba mucho del romanticismo.

—¡«Señor Windover»! —repitió Harry—. ¿Es que estás enfadada conmigo?

La joven suspiró.

—No. Lo que pasa es que me estoy dando cuenta de que tus amigos no terminan de gustarme —dijo Atenea pensando en Howard y Peterbrook.

—Howard y Peterbrook son conocidos míos, no amigos —aclaró Harry como si le estuviera leyendo el pensamiento—. Aunque si prefieres que no te presente a los caballeros que conozco...

—No, no —lo tranquilizó Atenea. ¿Cómo iba a encontrar el hombre de sus sueños sin conocer a muchos?—. Agradezco en lo que vale que estés ayudando a Adam y a Perséfone con mi temporada, te lo digo de verdad.

—Es un placer —contestó, pero algo en su tono le pareció un tanto pesaroso.

—¿Puedo aspirar a que me presentes alguna vez a un caballero que no carezca notoriamente de carácter?

Atenea no oyó bien su respuesta, aunque creyó entender algo así como «No aguantes la respiración». Pero como eso no tenía el más mínimo sentido, lo descartó.

«Un caballero que sea apto y elegible, buen conversador, que tenga profundidad de carácter y con una saludable dosis de humildad». Tampoco era tanto pedir. De todas formas, su innato romanticismo rechazaba la frialdad y el aspecto calculador de semejante lista, aunque el lado lógico de su carácter la encontraba de lo más pertinente.

Capítulo 6

Harry silbaba al caminar en dirección a la biblioteca de Adam. Pero a Adam no le gustaba ni lo más mínimo que Harry silbara. Y aunque era bastante difícil silbar y sonreír al mismo tiempo, de vez en cuando Harry lo hacía, silbaba una canción lo más alegre posible y se aseguraba de que su amigo lo oyera.

En el momento en el que entró en la biblioteca, Adam estaba poniendo los ojos en blanco. No le hizo caso y se sentó en su sillón habitual, al otro lado del imponente escritorio de su amigo. Se negaba a sentarse en la silla, demasiado baja, que el duque colocaba al otro lado de su mesa para «poner en su sitio» a sus interlocutores. Evidentemente, Adam buscaba generar una sensación de inferioridad e incomodidad al mismo tiempo, y Harry no iba a pasar por eso en ningún caso.

—Tu mensaje parecía urgente —dijo Harry en tono relajado. Aunque lo cierto era que sentía mucha curiosidad, incluso excesiva. «En Falstone House. ¡Ya!», rezaba la nota que había recibido de Adam, escrita por él, no por el mayordomo ni el secretario. La brevedad y el tono seco significaban que estaba enfadado, o molesto, o ambas cosas. Harry prefería con mucho que estuviera molesto, pues podía manejar mejor tal estado de ánimo. Cuando estaba enfadado de verdad, su amigo podía ser impredecible; para mal, por supuesto.

—Y pese a ello, has tardado más de una hora en venir —espetó Adam.

La irritación de su tono lo animó.

—No me ha sonado tan urgente —replicó, echándose hacia atrás en el asiento para transmitir despreocupación y relajamiento.

—Cualquier caballero con sentido común encontraría urgente hasta el pánico cualquier nota procedente de mí.

—Lo que pasa es que yo estoy acostumbrado a que te «rayen» cosas que realmente no son tan importantes ni tan urgentes —reflexionó.

—«Corta el rollo», Harry. —Era la forma habitual de Adam para contestar el uso de la jerga londinense por parte de su amigo. La jerga le molestaba tanto como los silbidos. Quizás incluso más—. Ya he perdido bastante la paciencia contigo.

—¿Y qué delito he cometido esta vez, si puede saberse? —preguntó Harry, sin molestarse en ocultar la risa entre dientes con la que acompañó la pregunta. Con los años se había convertido en un experto en Adam Boyce, por decirlo de alguna manera, y por eso era capaz de leer sus expresiones y tonos como quien lee un periódico. En este caso, estaba claro que se había molestado con él de verdad. Pero no hasta el punto de irritarse o enfurecerse. Era un enfado no excesivamente preocupante.

Adam alzó una ceja perfectamente recta, era un experto en el gesto, apretó la mandíbula y dibujó un gesto de mínima desaprobación. Levantó una hoja de papel que le resultó imposible leer desde esa distancia y doblada de forma que estaba claro que se trataba de una carta recibida en la correspondencia del día.

Inhabitual. Harry no fue capaz de identificar ni adivinar el contenido de la carta ni el porqué de la irritación de su amigo. Ni tampoco quién podría habérsela enviado.

De repente, vio que Adam no estaba solo en el escritorio. Una niña, pequeña para su edad, con el pelo largo y negro recogido en dos coletas y unos ojos pardos, oscuros y profundos que contrastaban con la palidez de la cara, se había sentado al lado de Adam y miraba alternativamente a ambos hombres. Dafne, la hermana de doce años de Atenea, era capaz de moverse por toda la casa de manera subrepticia y silenciosa y todo el mundo se sorprendía al verla aparecer de repente como un auténtico fantasma.

Harry le dedicó una sonrisa, como siempre que se encontraban. Tenía las mejillas coloradas, como siempre. Pero para sorpresa de Harry, no se mostraba incómoda en presencia de Adam, tal como solía ocurrir hasta hacía poco tiempo. De hecho, Dafne se acercó a Adam y se acomodó junto a él en su sillón, y el duque terrible le pasó el brazo por los delgados hombros y la acercó a él. Harry se quedó de una pieza y observó la escena asombrado. Ese no era el Adam Boyce que conocía, distante, adusto e inabordable. Se lo habían cambiado.

—¿Qué quieres, Dafne? —preguntó Adam sin el menor rastro de irritación en el tono. ¡A Harry hasta le pareció que sonreía mínimamente!

—Me apetecía sentarme contigo, Adam —contestó la niña en voz tan baja que Harry apenas pudo oírla. Lo miró por un momento, pero enseguida volvió a centrar la vista en sus propias manos, mientras se las frotaba despacio—. Es que... son las cuatro en punto, como todos los días.

—Sí, ya lo sé... Pero es que el señor Windover ha llegado una hora tarde —puntualizó Adam.

—Y tenéis cosas de que hablar, así que tengo que irme —concluyó Dafne. Las pocas ocasiones en las que había estado con Dafne le sorprendieron la madurez y la inteligencia de la niña, muy por encima de lo que era habitual a su edad.

—Me temo que sí —constató Adam.

Dafne asintió con naturalidad, pero cuando la miró, Harry sintió pena al notar cierta decepción en sus ojos. ¿Sería cierto que los miembros de esta improbable pareja pasaban parte de la tarde juntos? ¿Cómo se habría llegado a eso y quién lo habría propiciado? Porque Harry no podía imaginarse que fuera cosa de ellos. Adam siempre prefería estar solo y Dafne era muy reservada.

Harry oyó la respiración de Dafne, algo temblorosa, un momento antes de que los ojos empezaran a brillarle. También le temblaba la barbilla, aunque muy ligeramente.

—Dafne. —La voz de Adam, muy baja y muy calmada, rompió el silencio—. Ya conoces las reglas.

La niña asintió.

—Sin llorar —susurró.

—Exactamente. Mañana tengo que ir al parlamento, pero seguro que pasado tendré tiempo para nuestra conversación de la tarde —dijo Adam.

Dafne miró a Adam con gesto de concentración.

—¿Y si él vuelve? —preguntó señalando a Harry con la cabeza al tiempo que enfatizaba la palabra «él».

—Pues lo echaré de la habitación —dijo Adam encogiéndose de hombros.

Dafne sonrió ante la reacción de su cuñado. A Harry le recordaba muchísimo a su hermana mayor, solo que el pelo de Atenea era algo más rubio y rizado, y en sus ojos predominaba el color verde. Dafne, pese a que su tez era bastante más pálida, tenía el cabello más oscuro. No obstante, la sonrisa de ambas era igual, incluso en el hoyuelo que se les formaba, solo uno, en la mejilla izquierda.

La sonrisa que le devolvió Adam lo dejó asombrado. Nunca le sonreía a nadie, aunque Harry pensaba que era por vergüenza. Las cicatrices de la cara hacían que su sonrisa resultara desigual y extraña. Aunque, sin duda, también contribuía su carácter adusto. Era raro que encontrara una razón para sonreír.

Dafne salió de la biblioteca de una forma tan silenciosa como había entrado. Sin dar la más mínima explicación sobre el asombroso cambio de humor que había experimentado con la presencia de su joven cuñada, agarró de nuevo la carta que estaba enarbolando antes de su llegada y miró de nuevo a Harry. El mensaje era evidente: Adam no iba a hablar de Dafne.

—Ah, sí, la carta misteriosa —dijo Harry, intentando despejar la ligera confusión que le había causado la curiosa interacción que acababa de presenciar.

—Señor George Howard —dijo Adam, de nuevo con tono cortante e impaciente.

Al oírlo, Adam soltó una carcajada.

Adam alzó una ceja y lo miró igual de serio.

—¿Qué demonios te dice en la carta? —logró articular de forma entrecortada.

—Dímelo tú, Harry. Se supone que debes escoger entre los pretendientes para evitar que me molesten a mí.

—¿Pretendientes? —dijo Harry sonriente—. ¿Te han escrito una carta de amor?

A Adam no pareció gustarle la broma.

—Me ha escrito porque quiere cortejar oficialmente a Atenea y me pide permiso para ello.

—¿Te ha escrito? —dijo Harry entre dientes—. Lo habitual es hacerlo en persona, ¿no?

Los ojos de Adam se centraron en la carta y empezó a leerla con el mismo tono de socarrona molestia que utilizaba para leer las cartas de su primo y presunto heredero; por cierto, un individuo que, en opinión de Adam, carecía de la más mínima inteligencia, aunque le sobrara cobardía.

—«A la señorita Lancaster le gustan los árboles. A mí me gustan los árboles. Me da la impresión de que podríamos llevarnos bien. Pero, por supuesto, solo si su excelencia lo permite. No me gustaría que me disparara, y por eso solicito el permiso a distancia». —Adam dejó displicentemente la carta sobre el escritorio y negó con gesto de obvia desaprobación—. ¡Imbécil! Como si no pudiera dispararle a distancia con la misma facilidad con la que le dispararía en mi propia casa...

Pero Harry estaba todavía divirtiéndose a costa del pulcro razonamiento del señor Howard, tanto que le resultó imposible hacer caso de la reflexión de Adam respecto a su capacidad para dispararle de lejos o de cerca. «¡A mí me gustan los árboles!». Lo cierto es que al caballero le iba como anillo al dedo esa declaración de compatibilidad matrimonial.

—¿Qué siente Atenea respecto al tal señor Howard? —preguntó Adam como si no le resultara familiar, aunque Harry sabía que lo era para él—. ¿Tendré que librarme de él discretamente para no herir su sensibilidad, o Atenea es lo suficientemente inteligente como para haberlo descartado ya?

—¿Y qué piensas hacer si no tiene la más mínima inclinación hacia el infortunado? —preguntó Adam, al que no le desaparecía en ningún momento la sonrisa de la boca—. La horca me parece que sería exagerar, ¿no?

—Se puede decir que el tipo prácticamente me ha pedido que le dispare —respondió Adam. Por el tono, cualquiera que no conociera a Adam tan bien como Harry estaría seguro de que el infame duque tenía toda la intención de cañonear al señor Howard sin dilación.

—Bueno, en ese caso, por mucho que me apene el caballero, debo decirte que Atenea estará muy lejos de lamentar su...

eliminación de la pléyade de admiradores que actualmente tiene, por lo que muy probablemente agradecería tu intervención.

—Así que no ha cedido a los encantos que, aunque escondidos de forma extraordinaria, el tipo pueda tener, ¿no es así? —preguntó Adam.

—Ni remotamente.

—Entonces, ¿por qué tengo que lidiar yo con él? —preguntó Adam—. Se supone que eres tú el que tiene que encargarse de… separar el trigo de la paja, digamos.

—Debo confesar que la carta me ha pillado completamente desprevenido —explicó Harry haciendo un tremendo esfuerzo para no reír a carcajadas—. Pero, por otra parte, difícilmente podría impedir a otros que hicieran lo mismo.

—Pues entonces la empaquetaré y la mandaré fuera de la ciudad —informó Adam con tono autoritario.

La perspectiva era tentadora. Si Atenea no estuviera en Londres presentándose en sociedad, no tendría que soportar el estar junto a ella mientras otros la cortejaban, sin poder hacerlo él, que era lo que realmente deseaba: un imposible. No obstante, en ese caso la joven se quedaría destrozada. Por mucho daño que le causara el que se casara con otro, no quería formar parte de nada que le supusiera cualquier decepción o sufrimiento para ella.

—Se me ocurre que podría hacer correr sutilmente el rumor en los clubes y eventos sociales de que el duque de Kielder no va a aguantar el recibir cartas impertinentes y extemporáneas de aspirantes a la mano de su cuñada. —Harry sonrió, divertido ante la perspectiva. No sería ni mucho menos la primera vez que lo hiciera. Le gustaba pensar que le había ahorrado a algunos osados caballeros la funesta experiencia de no estar del lado de su excelencia el tremendo y peligroso duque de Kielder.

Adam asintió.

—Pero no sutilmente.

—Muy bien, entonces sin sutilezas de ningún tipo. Seré obvio y directo y hasta procuraré ponerme pálido de terror al decirlo. Todos los caballeros en posición de merecer de la alta sociedad londinense se lo pensarán muchísimo hasta para cursar una invitación a su excelencia, así que no digamos para escribirte una carta.

Adam lo miró, expresándole con su gesto que no le desagradaba en absoluto el que la mitad masculina de la nobleza británica temblara de puro miedo ante tal perspectiva.

—¿Alguna otra advertencia que hacer a los potenciales aspirantes a la mano de Atenea? —preguntó Harry riendo entre dientes.

—La impertinencia es molesta, pero al fin y al cabo soportable. Lo que no voy a permitir es que se acerque ningún cazafortunas —afirmó rotundamente Adam—. Hasta soy capaz de olerlos cuando salen de las cloacas al oír su nombre. El montante de su dote no es un secreto para nadie. No quiero que nos hagan perder el tiempo ni la paciencia los tipos que necesitan el dinero con tanta urgencia como el señor Howard un tutor personal. Que los caballeros sepan que también tengo ciertas expectativas en lo que se refiere a la cuenta bancaria de los posibles aspirantes.

No había nada que decir: se trataba de una orden directa. Adam acababa de prohibir de forma expresa y taxativa como aspirante que cualquier caballero que no tuviera la riqueza suficiente se acercase siquiera a Atenea. Harry quedaba clara e indiscutiblemente enmarcado dentro del grupo de los no elegibles.

—¡Hola, querido! Parecéis enfrascados en una conversación de lo más seria. —Perséfone estaba en el umbral de la puerta sonriendo ampliamente.

—Harry nos está causando problemas —informó Adam.

—¿A ti también? —preguntó Perséfone. Entró, y parecía que estaba a punto de reírse—. Pues parece que, en los últimos tiempos, Harry ha hecho un montón de enemigos en esta casa.

—¿Quién más está enfadado con él? —preguntó Adam con gesto muy serio, aunque Harry pudo captar un mínimo punto de diversión en el tono de voz.

Perséfone se dirigió al escritorio, dándose golpecitos en el labio inferior como si reflexionara. Tenía un brillo malicioso en los ojos.

—Parece que Dafne está muy contrariada por lo que ella considera una sorprendente e imperdonable falta de puntualidad por parte de Harry. —Harry estaba casi seguro de que Adam había estado a punto de soltar una carcajada—. Artemisa está enfadada porque Dafne ha vuelto a la guardería, y ella «necesitaba imperiosamente» estar sola allí, sin la presencia de su hermana. Atenea está buscando puñales con los que causarle heridas sin cuento, a ser posible en la cabeza. —Miró fijamente al aludido con expresión risueña y divertida.

—¿Por qué está enfadada conmigo Atenea? —preguntó Harry. Las posibles quejas de la joven no le hacían tanta gracia como las de sus hermanas pequeñas.

—Mejor lo averiguas tú mismo.

—Eso no es justo —se quejó Harry con una media sonrisa.

—Puede, pero sí mucho más divertido.

—Para ti.

—Exactamente.

—¿Y tú no estás enfadada con Harry? —preguntó Adam a su esposa.

—Pues, dadas las circunstancias, la verdad es que estoy indignada con él —declaró, pero su sonrisa no podía ser más amplia.

—¿Se puede saber por qué? —insistió el duque.

Perséfone se sentó en el borde del escritorio de cara a su marido. Se inclinó un poco hacia delante y le retiró con suavidad un rizo de la cara. Después deslizó el dedo hasta su barbilla con una sonrisa que cada vez se iba haciendo más tierna e íntima. Harry se sintió súbitamente incómodo.

—Harry —dijo Adam con voz autoritaria.
—¿Sí, Adam?
—Vete.

Harry rio, se levantó inmediatamente del asiento y se dirigió a la puerta. Al salir de la habitación echó un vistazo hacia atrás para observar cómo Adam tomaba en sus brazos a Perséfone. «¡Un tipo con suerte!», pensó.

Adam estaba casado con el amor de su vida. Sin embargo, a Harry no parecía que le fuera a ocurrir lo mismo.

Capítulo 7

¡Por Dios bendito! su aspecto era maravilloso. Casi le hacía daño mirar a Atenea. La luz de la tarde que entraba por las ventanas formaba un halo brillante alrededor de su maravilloso pelo dorado. Su figura era la envidia de cualquier mujer, así como su belleza, contenida aunque impactante. Harry estaba seguro de que todos los hombres que la vieran la colmarían de cumplidos. Con todo, le invadía un deseo casi enfermizo por saber lo que la joven opinaba de él. No se consideraba a sí mismo nada extraordinario. Su pelo no era ni oscuro ni claro, y los ojos tendían a ser azules, pero de un tono podría decirse que «indiferente». Le encantaba montar a caballo, y dada la amplia oferta que podía encontrar en las cuadras de Adam, además de la costumbre de ir andando a los sitios la mayoría de las veces, en lugar de utilizar carruajes o coches de punto, lo mantenían en buena forma física. Pero dudaba bastante de que su aspecto provocara suspiros femeninos a su alrededor ni miradas furtivas y anhelantes, que seguramente las damas reservarían para otros más dados a la actividad deportiva que él.

Puede que hiciera algo de ruido al entrar en el salón, porque Atenea se dio la vuelta y dejó de mirar por la ventana y el aire pensativo y ajeno a todo. Solo necesitó un momento para darse cuenta de que, tal como le había adelantado Perséfone, se encontraba en una situación problemática con la joven que, en esos momentos, era la auténtica luz de su vida. Su gesto, habitualmente afable, ahora era torcido y no carente de cierto rencor. ¿Pero qué había hecho para que reaccionara así?

—Buenas tardes, Atenea —saludó con cautela. Se aproximó despacio, muy atento a su rostro para intentar averiguar cuál era el motivo de su enfado. Pero no hubo pistas.

—¿De verdad son buenas? —preguntó desabridamente.

—¿Que si hace buena tarde?

Se puso delante de él con los brazos cruzados y lo miró con gesto hosco. Harry pensó que procedía aclararse la garganta. Hasta le apretaba el pañuelo del cuello. Necesitaba averiguar a toda costa cuál era el motivo de semejante animadversión. Estaba dándose cuenta de que los enfados de Atenea eran muy inquietantes.

—Te puedo garantizar que, si estás enfadada conmigo, las tardes no son nada buenas —admitió, al tiempo que la joven se acercaba poco a poco al lugar en el que estaba, mirándolo con cara de muy pocos amigos. Creyó notar una mínima relajación en su postura, aunque el gesto apenas varió. Casi nunca la había visto mirar mal a nadie, y menos a él—. ¿Puedo atreverme a preguntar de qué soy culpable o las cosas irán todavía a peor si confieso que no tengo ni la menor idea del porqué de esta recepción tan siniestra?

Una mínima sonrisa, quizá hasta inexistente, curvó los labios de Atenea y, por primera vez desde que había entrado en la habitación, Harry pudo respirar sin agobios. Igual después de todo recibiría el perdón de su desconocida culpa.

—Acabo de soportar el paseo más horrendo por Hyde Park que quepa imaginarse —declaró Atenea mirándolo torvamente, como si lo que acababa de decir no necesitara más explicaciones.

—¿Acaso el problema es que no he sido yo el que te ha acompañado en ese paseo? —preguntó Harry en tono algo burlón para ocultar que estaba deseando que la joven le dijera que sí, que ese era precisamente el motivo de su enfado.

—Hubiera preferido con mucho haber ido contigo —confesó con cierta reticencia, como si decirle algo agradable estuviera fuera del guion de enfado que quería seguir.

—¿Te gustaría hablar de ello? —preguntó Harry—. Me han dicho que sé escuchar mejor que la mayoría...

Oyó el suspiro de Atenea y vio que relajaba los hombros. De inmediato señaló el sofá, invitándola a que se sentara con él. Sintió un gran vacío en el estómago cuando ella, con toda naturalidad, le tomó la mano y anduvo hacia el sofá. Le envolvió el habitual aroma a violetas y esperó a que empezara a hablar deseando que el momento se demorara, a ser posible eternamente. No obstante, siguiendo el protocolo del buen comportamiento, retiró la mano y se sentó frente a ella en una silla, en lugar de a su lado en el sofá, pues sabía que no tenía derecho a ello. Ya el hecho de estar solo con ella en una habitación bordeaba los límites del decoro, incluso aunque la puerta estuviera abierta de par en par.

—Ha sido una auténtica tortura, en pocas palabras —dijo encogiéndose de hombros, aunque eso no escondió lo molesta que estaba.

—¿Y quién ha sido el artífice de esta? —Evidentemente, no fue la pregunta correcta, pues Atenea lo fulminó con la mirada.

—El señor Peterbrook. —Más que una información, fue una acusación.

—Me hago cargo... Tener que soportar todo un paseo con él sin duda es... indescriptible —respondió Harry sin molestarse en ocultar su confusión—. Pero la verdad es que no entiendo por qué tengo yo la culpa de esa sin duda funesta situación.

—¡Tú me lo presentaste! —espetó. El tono indicaba que la respuesta a la pregunta tendría que haber sido más que obvia para él.

—Ya... pero también te he presentado al señor Howard.

—Sí, también... —espetó—. ¿Es que no conoces a ningún caballero cuya compañía pueda resultarme agradable?

«No te voy a presentar a ninguno que entre en esa categoría».

—¿Y no podrías decirme qué ha hecho o dicho de malo el señor Peterbrook, para así evitar presentarte en el futuro a otros caballeros que pudieran repetir tales acciones en tu presencia?

«Aunque los futuros harán o dirán otras cosas igual de desagradables, o más».

—¿Sabías que el señor Peterbrook tiene treinta y tres abrigos diferentes comprados en Weston? —preguntó Atenea con exageración teatral—. Cinco son negros. Y seis azules, aunque de tonos perfectamente distinguibles entre sí. ¿Tienes interés en conocer su colección de zapatillas, zapatos, botines y botas? Tenemos tiempo...

—Aparte de su guardarropa, ¿hablasteis de algo más? —se interesó Harry.

Atenea sonrió por fin, rompiendo con el gesto de enfado, pero por desgracia la sonrisa no fue tan amplia como para que el divino hoyuelo hiciera su aparición.

—Hubo tiempo para que compartiera conmigo las miríadas de halagos que ha recibido de los árbitros de la elegancia londinense, así como para tener el privilegio de saber con absoluta precisión la mezcla que utiliza su criado a la hora de sacar brillo a su extensísima colección de calzado, y sobre todo de botas. El brillo de las botas del señor Peterbrook está en boca de todos... no en sentido literal, por supuesto, aunque tampoco me importaría, la verdad.

Harry rio con ganas.

—¿Tuvisteis tiempo para hablar de algo que no fuera él?

—En un momento dado me dio una buena noticia: mi vestido azul claro no era «lo suficientemente inadecuado y ofensivo como para herir su exquisita sensibilidad estética». —Atenea agachó la cabeza y la movió de un lado a otro como si no se lo pudiera creer, pero sin dejar de sonreír—. Aunque me informó de que no podía entender por qué había accedido a pasear con él si, de hecho, no tenía un vestido verde de paseo, pese a que se me había informado de que era casi una obligación.

—¡Pomposo insufrible!

—Le informé de que la única razón por la que había accedido a su invitación había sido que no pude encontrar una forma de rehusar que no resultase imperdonablemente grosera —dijo Atenea—. No obstante, si no me lo hubiera pedido en una habitación con muchas personas cuyas opiniones me importan, habría rechazado la invitación.

—¿Le dijiste eso? —Harry estaba impresionado. Sabía lo valiente que era Perséfone, pero no que Atenea fuera tan acerada.

—¡Naturalmente que sí! —Movió la mano mostrando su desdén—. O no me estaba haciendo caso, o no me entendió o, sencillamente, se negó a creer que su invitación no fuera recibida con total complacencia y arrobo.

—Yo me inclinaría por la tercera posibilidad —afirmó Harry entre dientes—. La opinión que tiene Peterbrook de sí mismo es demasiado buena como para aceptar que alguien lo rechace, por mínimamente que sea.

—Fue un paseo interminable, te lo aseguro —suspiró Atenea.

Harry tuvo que morderse la lengua. ¡Cómo disfrutaría de un paseo con ella por el parque aspirando el maravilloso aroma que la acompañaba allá donde iba! Pero ni siquiera disponía de carruaje propio. Sí que tenía un caballo, pero ni se atrevía a engancharlo en un tiro. Y lo de llevar a pasear a Atenea en un carruaje prestado o alquilado... lo único que pondría de manifiesto, si es que no estaba ya más que claro, era que la posibilidad de aspirar a su mano estaba fuera de lugar por completo. No pudo evitar volver a maldecir la escasez de sus ingresos anuales y el ruinoso estado de la hacienda familiar.

—¿Tienes algún amigo que no esté tan pagado de sí mismo? —La voz de Atenea lo sacó de sus pensamientos autoconmiserativos.

—Sí, muchos —aseguró.

—¿Y serías tan amable de presentármelos? —sugirió con burla la joven.

—Creo que Jonas Handley va a acudir al teatro esta noche. —Harry intentó hacer pasar el hecho como una feliz coincidencia de la que acababa de darse cuenta—. Te puedo asegurar que no es en absoluto arrogante.

—No estará obsesionado con los árboles... —preguntó Atenea secamente.

Harry rio entre dientes.

—Su conversación es fluida y variada.

—Perfecto. —La joven suspiró aliviada.

Harry sonrió beatíficamente. «Ya verás como no lo es, querida».

❈❈❈

Atenea estaba muy al corriente de que tanto Adam como Perséfone no estaban haciendo el menor caso a la representación. En la parte de atrás del palco en el que estaban reinaba una oscuridad casi total, y la pareja se las había apañado para estar protegida por la cortina, aunque no del todo fuera del palco. Atenea vio cómo Adam tomaba la mano de Perséfone en el momento en que se levantaba el telón en el escenario y, después, pese a encontrarse en primera fila, oyó cuchicheos, ocasionales risitas ahogadas y otros ruidos sospechosos.

—Creo que tu hermana ejerce una muy buena influencia sobre Adam —comentó Harry inclinando la cabeza para que solo ella pudiera oírlo.

—¿Muy buena influencia? —susurró mirándolo algo incrédula—. Te juro que nunca me había sonrojado tanto y tan seguido en toda mi vida.

Pese a la escasa luz, pudo captar la sonrisa de Harry.

—Lo único que ha hecho ha sido tomarle la mano.

—Entonces... ¿por qué se ríe de esa forma? —El comentario coincidió con una nueva risita apreciable en todo el entorno.

—¿De qué forma?

—Antes he salido mientras se estaban haciendo arrumacos. —Atenea se dio cuenta de que había vuelto a sonrojarse—. Y Perséfone se estaba riendo.

—¿Y no crees que el que la tome de la mano no es suficiente como para que se ría de esa manera?

—Difícilmente —respondió Atenea. A veces había tomado de la mano a algún caballero en el curso de un baile. Hasta lo había hecho brevemente con Harry, esa misma tarde durante su conversación en el salón. No podía imaginarse cómo ese mínimo contacto podría desencadenar en ella una reacción siquiera parecida a la de Perséfone.

—En cualquier caso, doy por hecho que el señor Peterbrook no tuvo a bien atraerte hacia sí tomándote de la mano durante vuestro paseo a caballo —indicó Harry.

—Ni tan siquiera atrajo mi interés —dijo la joven de manera despectiva.

Harry rio entre dientes sin hacer ruido. A la escasa luz que en ese momento iluminaba el teatro, Atenea vio cómo Harry deslizaba lentamente la mano para tomar la de ella y sintió sus dedos entrelazándose. Fue algo inesperado y, a decir verdad, no del todo procedente. Si hubiera hecho lo mismo otra persona distinta de Harry, a quien consideraba un amigo muy querido y por lo tanto fiable por completo, habría mostrado su rechazo al gesto.

—¿Qué estás haciendo, Harry? —preguntó no obstante, aunque con tono incluso algo jocoso dentro de la sorpresa.

—Pues tomarte de la mano, Atenea —contestó con un tono indiferente que no le pareció sincero en absoluto. Harry lo utilizaba cuando se estaba divirtiendo con algo y no quería explicarle a ella dónde estaba la gracia—. Ya me has dicho tú misma que no pasa nada.

Atenea iba a responder con una broma, pero se dio cuenta de que Harry había centrado completamente su atención en el escenario, aunque sin soltarle la mano. Se encogió de hombros y lo imitó. La verdad era que tanto la trama como los actores no eran nada del otro mundo.

Momentos después se dio cuenta de que Harry no se estaba limitando a agarrarle la mano: con el dedo pulgar le acariciaba con suavidad la palma, aunque parecía que distraídamente, como sin querer. El movimiento le resultó inesperadamente agradable y la distrajo, a su pesar de lo que estaba ocurriendo en el escenario.

Seguía trazando círculos lánguidamente con el pulgar por toda la superficie de la mano y recorriendo cada uno de sus dedos de abajo arriba. La sensación era bastante especial. Al fin y al cabo, no hacía otra cosa que tomarle la mano, aunque era mucho más que eso. Sus reacciones eran contradictorias. Por una parte, pensaba que debía retirarla, ya que sus... ¿caricias? hacían que se le acelerara el pulso y la enervaban. Pero al mismo tiempo deseaba casi desesperadamente que continuara con el juego, fuera el que fuese.

Pese a los guantes, la piel se le erizó. Era la primera vez que le pasaba. Su mente no paraba de lanzarle mensajes tranquilizadores. «Es Harry». Era como un hermano para ella, el sustituto de Evander... aunque tenía muy claro que Evander nunca había hecho que el corazón se le acelerara de esa manera.

Todo era de lo más confuso.

Estalló el acostumbrado y frío aplauso de una audiencia que apenas hacía caso de la representación. El primer acto había terminado. Harry le soltó la mano con mucha suavidad y un pequeño apretón final en los dedos. Se dio la vuelta para mirar a Perséfone y Adam.

—¿Te arrepientes de que Perséfone te haya convencido para venir esta noche al teatro con nosotros? —preguntó Harry dirigiéndose a Adam con un brillo malicioso en los ojos.

Atenea miró brevemente a su hermana y a su cuñado y le sorprendió ver un evidente rubor en las mejillas de Perséfone. La sorpresa inicial fue sustituida casi de inmediato por la alarma. ¿Acaso sus propias mejillas estarían igual de rosadas? Esperaba que no con todas sus fuerzas, pero no las tenía todas consigo.

Casi de inmediato apareció un caballero que seguramente tenía la misma edad que Adam y Harry. Era un poco más bajo que Harry y su pelo era del mismo tono marrón claro. Tenían cierto parecido, aunque la presencia de Harry era bastante mejor, en su opinión.

—Hola, Handley —saludó Harry, levantándose con su habitual elegancia—. Me preguntaba si te acercarías a saludarnos.

—Yo... —El caballero se detuvo en seco cuando su mirada tropezó en Adam, ya tan rígido y malencarado como siempre—. Su excelencia —dijo haciendo una reverencia. La voz sonó tensa y nerviosa.

—Tranquilo, Handley, no muerde —dijo en voz baja Harry riendo entre dientes—. Creo que ya conoces a la duquesa y al duque.

—Sí —fue su respuesta, acompañada de otra reverencia—. Hemos sido presentados.

Harry se volvió hacia Atenea, que aún estaba sentada y contenía el aliento. Tenía que ser el Jonas Handley del que Harry le había hablado antes de salir hacia el teatro. En ese momento había pensado que podría ser el tipo de caballero que esperaba conocer.

Harry procedió con las presentaciones habituales.

—Señorita Lancaster, permítame que le presente al señor Handley, Jonas Handley. Handley, esta encantadora joven es la señorita Lancaster.

El señor Handley se inclinó tras tomarle la mano. Su toque no resultó ni muchísimo menos tan enervante como el de Harry. Handley sostuvo brevemente su mano; ella tendía a pensar que la duración del roce había sido la culpable del incidente del hormigueo. El señor Handley le soltó la mano enseguida. Lo de Harry había durado mucho más.

—¿Lo está pasando bien durante su estancia en la ciudad, señorita Lancaster? —preguntó Handley sonriendo cortésmente.

—Muy bien, gracias —respondió Atenea devolviendo el gesto.

—¿Está disfrutando de la velada?

—Precisamente yo me estaba preguntando lo mismo —dijo Harry dirigiendo a Atenea una mirada divertida que apenas se molestó en disimular, acompañada por la elevación habitual de la ceja—. Me estaba preguntando qué parte de la velada era la que más le había gustado hasta ahora. O, más bien, cuál de ellas iba usted a imitar más adelante.

De repente, Atenea tuvo que enfrentarse a otro rubor repentino. Hizo acopio de valor para no perder las formas, levantó la vista y la barbilla ligeramente y miró de frente a Harry.

—La representación no me ha impresionado, la verdad. Al menos, no tanto como para imitar ninguna de las reacciones de los personajes. De hecho, me atrevería a decir que nada de lo que he... experimentado hasta ahora se diferencia de otras representaciones teatrales a las que he acudido.

Harry no pareció sentirse afectado. De hecho, siguió comportándose como si su pulla no hubiera existido.

—Por supuesto, si exceptuamos que esta velada ha servido para que conociera al señor Handley, y eso sí que merece la pena ser recordado —dijo Harry.

El rubor de Atenea se intensificó. Sin darse cuenta, había despreciado a su nuevo conocido.

—Por supuesto, solo estaba hablando de lo que ha ocurrido durante la representación. Seguro que olvidaré de inmediato esos tediosos momentos. Sin embargo, el intermedio está siendo de lo más agradable.

El señor Handley sonrió al oír sus palabras. Pero Atenea notó con una secreta sensación de triunfo que Harry se limitó a enarcar de nuevo la dichosa ceja.

—Dinos, Handley —dijo Harry de repente—, ¿te gustan los árboles?

Capítulo 8

Atenea miró a lord Handley sonriendo al entrar en el salón principal de la mansión Falstone. La noche anterior se había quedado en su palco durante el segundo acto y a Atenea le había gustado mucho más que cualquiera de los demás caballeros que Harry le había presentado hasta ahora. Le había pedido que saliera a cabalgar con él la tarde siguiente y Perséfone le había concedido permiso.

Era una verdadera pena que Harry no hubiera empezado presentándole a sus conocidos más agradables. No obstante, el hecho de que tanto el señor Howard como el señor Peterbrook hubieran coincidido con ellos en los mismos eventos no era culpa de su amigo. Si el propio Handley u otro joven más agradable hubieran hecho su aparición antes, Atenea se habría ahorrado el calvario del paseo con Peterbrook y las tediosas conversaciones sobre árboles con Howard cada vez que tenía la desgracia de encontrarse con él. Afortunadamente, ninguno de los dos estaba en las cercanías en ese momento.

—Espero no haberle hecho esperar demasiado —dijo Atenea tras los saludos habituales.

—En absoluto —la tranquilizó sonriendo.

Atenea pensó para sí que tenía una sonrisa agradable. No era tan atractivo como el señor Peterbrook, pero lo agradecía en lugar de sentirse disgustada por ello. Tampoco tenía siempre la sonrisa en la boca ni la risa contagiosa de Harry; no obstante, Atenea no había conocido a nadie, hombre o mujer, tan risueño como Harry. Hasta se las había arreglado para hacerla sonreír durante las difíciles horas que siguieron a la boda de Perséfone. Atenea estaba tristísima por tener que separarse de ella y preocupada por la vida que había escogido su hermana para rescatar a su familia de la ruina económica. Y Harry hasta la había hecho reír en un momento en el que pensaba muy en serio que su mundo se estaba desmoronando sin remedio.

—¿Le gustó el resto de la representación de ayer? —preguntó Handley mientras bajaban por la escalera para dirigirse al exterior.

—Sí —contestó Atenea, contenta de no tener que hablar de árboles ni de su colección de abrigos, pañuelos de cuello o botas. Parecía que por fin había conocido a un caballero al que podría considerarse un potencial pretendiente. Parecía tener intereses y cultura aparte de las especies arbóreas, y además tampoco parecía ensimismado en sus propias cualidades; era noble, estaba soltero y sonreía de manera agradable, de forma que su compañía no le disgustaba, todo lo contrario. De hecho, el señor Handley parecía ser exactamente lo que estaba buscando.

A la salida de la mansión Falstone esperaba un majestuoso carruaje abierto de color verde real, con dos preciosos caballos pardos esperando con paciencia iniciar el camino. El cochero, con impecable librea, ya estaba sentado, y otro lacayo con el mismo atuendo mantenía sujetos los caballos. Se podía pensar que el carruaje era quizá demasiado formal y pasado de moda para un hombre soltero y joven ahora que las calesas eran el último grito entre ese grupo. En cualquier caso, Atenea se sintió bastante aliviada al ver el soberbio coche. El señor Peterbrook la había llevado en su calesa azul brillante, cuyo color acentuaba el de los ojos de su dueño, o al menos eso le había indicado varias veces. Y había conducido demasiado deprisa y demasiado imprudentemente. El paseo hizo que hasta temiera por su seguridad, y la conversación igual, pero en este caso por la posibilidad de perder los nervios y el juicio. Estaba segura de que este viaje iba a ser tranquilo, seguro y, en resumen, muchísimo mejor.

Apareció un criado para abrir la puerta del carruaje y bajar la escalerilla. El señor Handley la ayudó a subir; Atenea sonrió y se dispuso a acomodarse en los asientos de delante.

—Madre prefiere ese sitio, señorita Lancaster —le dijo con cierto tono de urgencia el señor Handley.

—¿Madre? —El tono de Atenea no fue de urgencia, sino de absoluta confusión.

Handley le indicó el lugar en el que quería que se sentara y Atenea miró a su alrededor dándose cuenta en ese momento de que el carruaje estaba ocupado. Una mujer, abrigada con varios chales de aspecto bastante pesado y tan pequeña que apenas sobresalía en el asiento, la estaba mirando con gesto petulante.

—¡Oh! —Fue lo único que acertó a decir Atenea.

—En cualquier caso, el asiento que mira hacia atrás está libre —dijo con tono obsequioso el señor Handley.

«¿El asiento que mira hacia atrás?». Ofrecer a una joven un asiento que mira hacia atrás en un carruaje, habiendo otros libres, no era un ejemplo de cortesía ni muchísimo menos. La señora Handley se había sentado en el centro geométrico del banco, lo que impedía que nadie más se sentara en él. Y no parecía tener la menor intención de moverse ni un milímetro.

Así que Atenea no tuvo más remedio que sentarse en el banco que estaba frente a ella, aunque no en el centro para que el señor Handley pudiera ocuparlo también. Compuso una sonrisa procurando que no pareciera forzada y recordándose a sí misma que las mujeres mayores podían ser unas cascarrabias. No esperaba que la madre de Handley formara parte de la comitiva, aunque tampoco era tan raro, la verdad. Y el hecho de que el señor Handley se preocupara por el confort y bienestar de su madre hablaba a su favor, ¿verdad?

El señor Handley subió al carruaje y, para estupefacción de Atenea, se sentó junto a su madre, pues la dama se movió rapidísimamente para hacerle sitio. El movimiento pilló a Atenea con la guardia baja.

—¿Está usted cómoda, madre? —preguntó el señor Handley—. ¿Necesita otra manta?

—No, hijo, gracias. —La señora Handley le dio unos cariñosos golpecitos en la mano y le sonrió con dulzura.

Se podía decir sin lugar a duda que el señor Handley se ocupaba con enorme interés del bienestar de su madre. De hecho, la señora acaparaba toda su atención, tanto para las cuestiones menores como para las más acuciantes, ni que decir tiene. Y ambos componían una imagen conmovedora tanto de lealtad filial como de afecto maternofilial.

Atenea los contemplaba sonriendo, y en un momento dado, los ojos de la señora Handley dejaron de mirar arrobados a su hijo y se posaron en la cara de la joven. De manera instantánea, la sonrisa fue sustituida por una mirada entrecerrada y más desconfiada que evaluativa. La nariz, larga y afilada, y los ojos oscuros y penetrantes le recordaron a Atenea los perros de un vecino de Shropshire que vio en acción cuando era pequeña.

—¿Quién es? —preguntó la señora Handley con pronunciación grave y nasal.

—Le presento a la señorita Atenea Lancaster, madre —contestó el señor Handley.

—¿Lancaster? —La frente de la señora se estiró como un trozo de tela—. No he conocido a nadie que merezca la pena con ese apellido.

A Atenea le pilló el comentario tan desprevenida que no pudo articular palabra.

—Su hermana es la duquesa de Kielder —terció el señor Handley.

—Mmm. —La respuesta no presagiaba nada bueno—. Al parecer, se considera una especie de belleza. —El tono fue tan dubitativo que considerarlo un halago hubiera sido una temeridad.

—Pues yo creo... —Su madre volvió la vista hacia él como si le hubieran disparado al cuello con una cerbatana, y el pobre Handley cambió el tono y, con toda seguridad, el contenido de lo que iba a decir—. Yo creo que, por supuesto, la belleza de la duquesa no llega a la suela de los zapatos de la de usted, madre.

La señora Handley estuvo a punto de derretirse y recuperó, multiplicada, la mirada de arrobo a su hijo. Más golpecitos en la mano subrayaron su aprobación a lo que acababa de decir.

—Siempre se me ha considerado una mujer bella —dijo—, aunque estoy segura de que los años han hecho su labor...

—¡En absoluto, madre!

Más golpecitos, seguidos de una mirada triunfal dirigida a Atenea, que se sentía como la persona más boba del mundo, allí sentada con la boca entreabierta e incapaz de articular palabra, y no digamos una respuesta adecuada. La señora Handley estaba arrugada como una ciruela pasa, y estaba claro que sus arrugas no eran el resultado de toda una vida de risas. Era como si se pasara horas y horas al día chupando zumo de limón sin diluir.

El señor Handley no paró de hacer arrumacos a su madre mientras se acercaban a la entrada de Hyde Park. No dedicó ni una mirada a Atenea, ni por supuesto una sola palabra.

—¿Dedica usted muchas horas a rizar papel para lograr esa desorbitada cantidad de tirabuzones, señorita Lancaster? —preguntó la señora Handley.

—No —respondió una perpleja Atenea.

—Sin duda, sus prisas le dejan el pelo liso antes de que terminen las veladas —remató la señora. Atenea se preguntó si no estaría hablando por la nariz, pues la boca parecía en todo momento una raya que apenas se movía.

—No utilizo rulos de papel para formar rizos —respondió Atenea, dándose cuenta de que la había malinterpretado—. Son naturales.

—Por supuesto que lo son... —No es que hubiera un toque de sarcasmo en el comentario, sino que rezumaba—. ¿Dónde está la hacienda de su padre? ¿Y qué conexiones familiares tiene?

Atenea puso las manos juntas sobre el regazo intentando desesperadamente mantener la calma y la buena educación.

—Su abuelo fue lord Henley, aunque en estos momentos el título pertenece a un primo lejano.

—No es un título relevante —dijo la señora Handley... ¿de nuevo con la nariz?

—Doy por hecho que los de su propia familia sí que lo son —replicó Atenea, que empezaba a recuperarse.

La señora Handley apretó los labios, pero no contestó. Atenea estaba casi segura de que en su familia no había títulos, ni relevantes ni de otro tipo. Al poco rato, la señora Handley siguió machacando.

—¿Y qué clase de persona es su madre? —El tono dejaba claro que la respuesta que esperaba iba a merecer su desaprobación.

Atenea la miró de forma muy directa; tenía claro que no iba a permitir ni el más mínimo insulto a su madre, a la que tanto echaba de menos. Así que eligió una respuesta que cerraría definitivamente el tema.

—Pues... pertenece a la clase de las que han muerto —espetó. Volvió la cabeza y fijó la mirada en el exterior del carruaje.

El landó casi tuvo que detenerse por el atasco a la entrada de Hyde Park. A su alrededor se oía el ruido y las conversaciones de la hora punta de los paseos, pero entre los pasajeros del de los Handley reinaba un tenso silencio. La señora Handley cambiaba el gesto, pasando de la indignación al arrobo en función de a cuál de sus compañeros de paseo mirase. Por su parte, Handley hijo parecía frenéticamente contento entre los paseantes. Y Atenea había superado el asombro y estaba muy enfadada. Desde el momento en el que entró en el carruaje, el señor Handley se había olvidado de su existencia. ¡Lástima que su madre no hubiera hecho lo mismo!

—¡Mira allí, Jonas! —dijo la señora, rompiendo el bendito silencio—. Es la señorita Harrington. ¡Qué joven tan agradable! Su tío es conde, ya sabes. Y su madre, hija de un marqués. —La señora Handley miró de manera tan penetrante a Atenea que la joven pensó que iba a empezar a sangrar por cualquier zona vital del cuerpo—. Pero no se da aires de grandeza. No me la imagino presumiendo de bobadas como rizos naturales y relaciones familiares que no merecen mención alguna.

Atenea cerró las manos con mucha fuerza, manteniéndose callada en un tremendo ejercicio de autocontrol. Pensó lo que estaría ocurriendo si Adam estuviera en el carruaje con ellos. ¡Qué momento más oportuno para que el dragón escupiera su fuego justiciero!

—Cierto, madre —dijo el señor Handley. No había hecho otra cosa desde que habían salido de Falstone House: dar la razón a su madre y asentir a todas las estupideces e insultos que habían salido de su boca.

—¡Oh, Jonas! Mira. Ahí está el señor Windover. Hazle una seña. Tengo que hablar con él.

¿Harry? Atenea se volvió a mirar en la dirección que indicaba la señora Handley. En efecto, era Harry montando su bonita yegua de lunares, tan relajado como siempre. ¡Harry y sus ridículos amigos!

Un momento más tarde allí estaba, junto al landó, con la más encantadora de las sonrisas.

—Señora Handley, me alegro de verla. Está tan hermosa como siempre.

—Adulador... —dijo la dama, moviendo una mano juguetona.

—En absoluto —negó Harry—. Siempre he dicho que su aspecto no admite comparaciones.

Los ojos de Harry miraron por un momento a Atenea. Chispeaban de pura risa contenida. Atenea comprendió: hablaba en serio, pero utilizaba las palabras de tal forma que una persona inclinada a ello las tomaría como cumplidos.

—Señorita Lancaster —dijo, como si acabara de darse cuenta de que estaba allí. No obstante, su sonrisa maliciosa daba a entender algo muy distinto—. Me alegro de verla. ¿Disfruta usted del paseo por Hyde Park?

—Pues... más o menos como la última vez que estuve aquí —dijo, imitando la especial forma de hablar de Harry.

—¿Dice que lo está pasando tan bien como en su anterior paseo?

—En cierto modo, creo que este paseo incluso supera la experiencia del anterior, por difícil que parezca.

—Ya veo. —Harry mantenía un tono alegre y despreocupado, pero Atenea supo leer en sus ojos la empatía y la solidaridad con su «experiencia». Las pullas de la señora Handley no habían resultado agradables en absoluto.

—La señorita Lancaster es la... protegida del duque de Kielder, creo entender —dijo la señora Handley, haciéndose de nuevo con las riendas de la conversación. En sus labios, la palabra «protegida» sonaba tan humillante como «limpiabotas» o «fregona».

—Bien, en realidad es su cuñada —corrigió Harry, pero con una amplísima sonrisa, a la que la señora Handley respondió con otra, en su caso rendida. Harry no pudo evitar darse cuenta de que el señor Handley no miraba a Atenea ni por un momento y que tenía los ojos fijos siempre en su madre.

—Dígame... —La señora Handley se inclinó hacia Harry, y las arrugas de la cara parecieron enzarzarse en una pelea para recolocarse y dar a entender que adoptaban un gesto conspiratorio—. ¿Todas las protegidas de su excelencia presumen de rizos naturales? Porque esta sí...

—La hermana pequeña de la señorita Lancaster, al igual que su hermano, comparten con la señorita Lancaster aquí presente la inmensa suerte de haber nacido con los preciosos bucles que puede usted contemplar —dijo Harry—. Su excelencia la duquesa de Kielder tiene un pelo magnífico, al igual que otra de las cuñadas del duque; no obstante, su cabello no se riza de forma natural como el de la señorita Lancaster aquí presente.

—Entonces sí que es natural... —musitó la señora, evidentemente defraudada por lo que había descubierto.

—Así es, desde luego. Natural y precioso. —Harry sonrió mirando a Atenea, y tanto su expresión como su tono de voz hicieron que la joven se ruborizara.

—Una pena que la chica sea tan impertinente —dijo la señora Handley ensartando de nuevo a Atenea con los ojillos entrecerrados. La joven tuvo que morderse la lengua para no decir una barbaridad—. Como no se acostumbre a estar callada, me atrevo a decir que no va a ser bien recibida en ningún sitio.

—La cuñada del duque de Kielder siempre será bien recibida en cualquier sitio —replicó Harry, que miró al señor Handley y logró que, por primera vez en más de un cuarto de hora, apartara la mirada de su madre—. Y todo el mundo debería recordar que su excelencia no se toma nada bien el que sus seres queridos, y especialmente la familia de su amada esposa, sean maltratados o despreciados de obra o palabra.

Atenea tomó nota del incómodo carraspeo de Handley. Por fin reaccionaba.

—Al duque le molestan extraordinariamente los insultos —continuó Harry, ahora sin apartar los ojos de Handley y en un claro tono amenazador—. Ni siquiera la familia real se atreve a tratar inadecuadamente a las personas que el duque considera bajo su protección. Todos deberíamos estar muy atentos para evitar cualquier agravio a la familia de su excelencia si no queremos pasar a formar parte de su... lista negra.

—Mensaje recibido, Windover —dijo el señor Handley con la voz extrañamente ahogada.

—¡Estupendo! —dijo Harry adoptando de nuevo su habitual jovialidad—. No puedo mantener parada esta preciosa yegua. Preciosa, pero muy impaciente.

Harry se esfumó de inmediato. Atenea intentó seguirlo con la vista mientras se mezclaba con el gentío. Le habría gustado que se quedara más tiempo y se preguntó por qué no había estado en Falstone House esa tarde. No podía recordar cuándo fue la última vez que había faltado antes de que llegara la tarde.

—Un magnífico caballero —dijo la señora Handley tras su marcha—. Es una pena que su buen amigo el duque tenga que cargar con esa responsabilidad. Seguramente que...

—Madre —interrumpió el señor Handley. Parecía bastante incómodo—. Creo que ya hemos estado suficiente tiempo a la intemperie, ¿no le parece?

La señora dio un respingo, aunque mostró su acuerdo a regañadientes.

—Me doy por enterada —espetó, no sin dedicarle a Atenea otra de sus punzantes miradas.

Bastante agobiado, el señor Handley le dio al cochero las instrucciones pertinentes, instándolo a que abandonara el parque lo antes posible.

Diez minutos después, Atenea bajaba la escalerilla junto a Falstone House.

—¡Ya era hora! —oyó decir a la señora Handley con su habitual tono vitriólico cuando partió el carruaje.

—Amén —murmuró entre dientes Atenea.

En su lista había una característica nueva: su marido ideal no podía tener una madre de lengua viperina ni de la que colgara con fervor antinatural. No pensaba pasarse la vida recibiendo los insultos de su suegra e ignorada por un marido que seguía anclado en la infancia y no actuaba con criterio propio.

Era evidente que Harry necesitaba perentoriamente ampliar su círculo de amistades.

Capítulo 9

Harry tenía muy claro que caminaba por el filo de la navaja en lo que se refería a su relación con Atenea Lancaster. El tiempo que pasaba en su compañía iba a ser el único premio de consolación a sus esfuerzos para ayudarla a encontrar un buen partido matrimonial. No obstante, cuando estaba con ella cada vez le era más difícil ejercer su habitual autocontrol.

Estuvo a punto de perder los nervios cuando dijo inocentemente que tomar la mano de un hombre en un palco oscuro de un teatro no podía ser una experiencia que afectara tanto. Había muchos caballeros en la alta sociedad londinense capaces de aprovecharse como un lobo de su ingenuidad. Por eso, demostrando como tantas otras veces lo zoquete que era, le había proporcionado a la joven una demostración, por otra parte, bastante poco intensa. Y en realidad, esos breves momentos lo que lograron fue demostrarle a él mismo hasta qué punto puede afectar a alguien enamorado lo que suele llamarse «hacer manitas». También agradeció que Perséfone y Adam hubieran estado tan distraídos. Lo cierto es que Harry necesitó varios minutos para recuperarse del todo de la experiencia.

Cada vez le resultaba más difícil representar el papel de amigo fraternal. En cada baile, sus ojos seguían a Atenea allá donde iba. Estaba perfectamente al tanto de su localización y sus interacciones en los eventos sociales. Había detectado su presencia en Hyde Park esa misma tarde seguramente antes de que ella misma se diera cuenta de que él estaba en el parque. El hecho de que Peterbrook hubiera desaprobado el traje que se había puesto para ir en carruaje la tarde anterior quedaba fuera de los límites de su comprensión. Hoy mismo apenas había podido apartar los ojos de ella durante el rato que estuvo al lado del carruaje de los Handley. Atenea sería impresionante aun vistiendo harapos.

Harry se dejó caer sobre la butaca de cuero de su sala de estar. Adam estaba en la Cámara de los Lores. Perséfone seguramente había ido a hacer alguna visita esa mañana. Y, si Harry no estaba errado, ahora Atenea estaría jurando en arameo. Había observado a la perfección en sus ojos el brillo de enfado cuando la señora Handley espetó sus tonterías insultantes. Sabía que la madre de Handley era una especie de dragón de lengua viperina y actitudes de sargento cuartelero, pero lo que no se podía esperar era semejante ración de vitriolo. La lección que había pretendido enseñar a Atenea era que uno no solo se casa con un caballero, sino también con su familia. Pero claro, tener una suegra egoísta hasta la médula y que llevara a su hijo como a un perro con una correa, como se había demostrado que era el caso, no podía admitirse de ninguna manera. Así pues, Handley era el ejemplo perfecto de caballero agradable con un entorno familiar complicado, y por esa razón le había presentado a la auténtica joya de la temporada. Pero la señora Handley se había superado a sí misma.

Iba a darle tiempo a Atenea para que las llamas se enfriaran. Igual cuando salieran hacia la sesión musical de los Fitzpatrick ya se habría calmado y estaría algo más receptiva. Esperaba sinceramente que así fuera. Una persona que también iba a acudir quería que se la presentara, pero Harry se temía que tal cosa no iba a contribuir a que el humor de Atenea mejorase.

Harry se acomodó en el hundido sillón, con el codo izquierdo apoyado en un brazo y la cabeza descansando sobre la mano. Exhaló el aire despacio, intentando alejar de sí el aroma a violetas que siempre le inundaba cuando estaba cerca de Atenea. No ayudaba nada que hubiera comprado otro ramito mientras regresaba a casa. Negó con la cabeza, un gesto que iba dirigido a sí mismo. ¿Desde cuándo estaba tan enamorado?

Con los ojos todavía cerrados, Harry la vio exactamente igual que en el momento en que había llegado a Falstone Castle esa primavera. En realidad, lo de llamar a aquello «primavera» era puro tecnicismo. En Northumberland, la nieve se mantuvo hasta bien pasado el invierno. Atenea salió del carruaje con las mejillas rosadas por el frío. Subió la escalinata hasta llegar a las enormes puertas de entrada del castillo con toda la dignidad y la gracia que se pudiera esperar de una joven en esa esplendorosa fase de la vida. No obstante, los ojos la traicionaban en cierto modo, revelando una conmovedora mezcla de temor y expectación.

Ese fue el momento. Lo supo al recordarlo. Había visto ya a muchas jóvenes de la alta sociedad, demasiadas, que habían perfeccionado el arte de aparentar estar ya aburridas de vivir. Pero Atenea era refrescantemente distinta. La indiferencia y el desapego eran lo esperado en ese ambiente. La cima de la sociedad se tomaba muy en serio aparentar que la vida y sus avatares no le afectaban en absoluto, como si estuvieran casi a punto de dejarla de puro aburrimiento. Harry nunca había sido capaz de aprobar ni soportar ese comportamiento. Y estaba casi seguro de que a Atenea le pasaba lo mismo. Desde el momento en que lo comprendió, se enamoró de ella.

Abrió los ojos, tanto literal como figurativamente. Miró a su alrededor y volvió a la realidad de un modo casi brutal. Decir que la habitación en la que estaba era desangelada era muy generoso. De las paredes no colgaba ni una sola pintura, y los muebles no estaban ni mucho menos en su mejor momento. Tenía un único sirviente, su ayuda de cámara, si exceptuamos una asistenta que limpiaba la casa una vez a la semana. Lo cierto era que nadie en la alta sociedad consideraba «servidumbre» tal ayuda. Los patrones en lo que se refiere al servicio eran de los más puntillosos. Volviendo a la habitación, lo único que no podía considerarse ajado eran las violetas. Y la ironía del asunto hizo mella en Harry.

Se levantó y avanzó lentamente hacia la ventana, sin rastro de su habitual sonrisa. Bajo ella, la calle estaba tan activa como siempre, pero apenas reparó en ello. Seiscientas cincuenta libras esterlinas. Esos eran sus ingresos anuales. La cantidad era suficiente para mantener a una esposa, siempre que no hubiera niños a los que criar y la dama no pusiera objeciones al hecho de vivir de una manera no excesivamente distinta a la que tuvo que resignarse Atenea antes de que la fortuna de Adam la rescatara, a ella y a toda su familia. Pero la situación de Harry era aún peor de lo que lo había sido la de los Lancaster. El dinero líquido que poseían era escaso, cierto, pero la familia tenía un techo de calidad sobre sus cabezas y una casa en muy buen estado de conservación y uso. Por el contrario, tanto la casa de Harry como la hacienda en la que estaba apenas eran habitables. Para lograr transformarla serían necesarias miles de libras. Además, ni siquiera con semejante volumen de inversión se lograría que prosperara de verdad en poco tiempo.

Era obvio que necesitaba la dote de Atenea. Pero no la quería. A quien quería era a Atenea. Y nunca la tendría.

Harry echó a andar otra vez lentamente, sin saber adónde iba y mirando la calle sin verla. Su mente rebosaba de recuerdos de ella. Recordaba su mirada valiente del día de la boda de Perséfone y Adam. Se acordaba también del día que la encontró en la biblioteca de Falstone Castle y del evidente alivio que sintió cuando se dio cuenta de que no era Adam quien la había descubierto allí. Y revivió las abundantes conversaciones y debates que habían tenido acerca de los temas más variados. Harry retiró del santuario de Adam los libros que ella estaba interesada en leer y hablaron sobre su contenido. No había tenido el valor suficiente como para aprender a cabalgar, y en su momento Harry hasta albergó la secreta esperanza de convencerla de que lo hiciera al regresar al castillo tras la temporada corta. Pero eso no iba a suceder. Se iba a casar, y no con él.

Un discreto carraspeo lo sacó de sus pensamientos. Su muy sufrido criado estaba en la puerta, con cara de urgencia. Echó una breve mirada al diminuto reloj que descansaba sobre una mesa llena de golpes y se dio cuenta de que tenía ya poco tiempo para llegar a la cena en Falstone House, a la que estaba invitado.

Harry dejó escapar un suspiro. Era el momento de forzar de nuevo la apariencia de felicidad externa, cuando lo cierto era que conforme pasaban las horas se sentía menos feliz. En cualquier caso, se aferraría a la certeza de que, tras conocer a *sir* Hubert Collington, Atenea tendría que agregar una nueva y crucial característica a la relación de cualidades de su futuro esposo. Y la verdad es que se trataba de una absolutamente esencial.

Atenea se acomodó en el magníficamente cuidado carruaje de Adam intentando sentirse entusiasmada ante la velada que tenía por delante. Le gustaba mucho la música, y tras la larga e insoportable tarde, esperaba expectante la velada musical de los Fitzpatrick. La compañía de la señora Handley la había dejado exhausta y decaída. La corta siesta solo había servido para levantarle un molesto dolor de cabeza.

Se preguntaba cómo era posible que el hecho de dormir le hubiera supuesto sentirse aún más cansada. Además, cada irregularidad del camino era como una nueva aguja clavada en la frente. Todo era muy antinatural.

Al llegar a la mansión de los Fitzpatrick, Harry ayudó a bajar a Perséfone y después se volvió para hacer lo propio con Atenea. Intentó sonreír, pues sabía lo importantes que eran las apariencias para la alta sociedad. Independientemente de lo deprimida que estuviera, tenía que parecer que estaba muy a gusto.

La mano de Harry se cerró sobre la de ella y Atenea respiró hondo para recuperar fuerzas. El dolor de cabeza no era insoportable, sino simplemente molesto. Y aunque la fama de las veladas de la señora Fitzpatrick no era nada del otro mundo, estaba claro que al menos no sería atroz, como ocurría con otras. Eso ayudaría. Si tuviera que enfrentarse a voces chillonas y acordes disparejos, la migraña haría acto de presencia sin remedio.

—¿Atenea...? —Harry pronunció con tono de interrogación. Al parecer, su máscara social a él no lo había engañado.

—La verdad es que esta noche estoy un poco cansada —admitió en susurros—. Ha sido un día... agotador.

La miró compasivamente antes de dirigirse hacia donde esperaba Perséfone para ofrecerle el brazo. Las duquesas tenían preferencia sobre las hermanas de las duquesas. Por eso Perséfone entraría del brazo de Harry y Atenea seguiría a ambos. Esa mera formalidad nunca le había supuesto una molestia, hasta ahora... Cuando se soltó de Harry, echó de menos su contacto inmediatamente.

Había algo en Harry que inspiraba confianza. Incluso cuando estaba en horas bajas, o cansada o triste, él tenía la capacidad de iluminarle la mente y el corazón. Su padre no había sido nunca una persona capaz de animar o apoyar. Casi siempre estaba perdido en sus estudios, olvidándose de las necesidades de los niños. Nunca fue desagradable. Solo un padre irresponsable y poco cercano con sus hijos.

Atenea tenía claro que debía añadir esa característica a su lista. No quería un marido que se olvidara de su existencia durante días o semanas, ni de la de sus futuros hijos.

Acompañar a una duquesa tenía sus ventajas. Los demás invitados dejaron sitio en cuanto entraron en el vestíbulo de los Fitzpatrick, con lo que Harry y Perséfone, con ella detrás, caminaron sin dificultades hasta los asientos que les habían reservado, sin tener que esperar colas ni abrirse paso entre una multitud. Seguramente usar los codos, o que los otros invitados los usaran con ella, habría contribuido a incrementar el dolor de cabeza.

Harry se sentó entre las dos hermanas. Los otros invitados estaban a su alrededor buscando sus asientos o conversando, exactamente igual que ellos. Atenea respiraba lenta y profundamente, intentando airear los pulmones para evitar que el dolor de cabeza fuera a más y le arruinara la velada.

—Tengo entendido que la madre de Adam estará en la ciudad cuando se celebre el baile de tu presentación —dijo Harry en voz muy baja y con la cabeza inclinada hacia ella para no ser oído por nadie más. Olía a almizcle. ¿Por qué era la primera vez que lo notaba? Era un olor limpio, agradable y nada empalagoso, al contrario de lo que ocurría a veces con algunos caballeros. Le vino a la cabeza el ínclito señor Peterbrook, cuyo perfume permanecía hasta mucho después de que se fuera, siempre en buena hora, y que era agresivo y desagradable—. Seguramente tendrá reproches que hacerte, y no se retendrá le diga lo que le diga Adam. Estaré atento y te avisaré antes para que la cosa no te pille con la guardia baja.

Atenea, agradecida, sonrió a Harry. Era la primera sonrisa auténtica de la tarde-noche. Y la que le dedicó él no fue como las habituales suyas, sino algo más dulce. Y mira que sus sonrisas nunca eran desagradables ni burlonas.

—Windover —dijo una voz procedente del otro lado de Atenea, que apartó la mirada de Harry para dirigirla a un caballero impecablemente vestido con terno verde oscuro, abrigo bien ajustado, pantalones negros y un nudo de pañuelo geométricamente perfecto.

Harry se levantó para hacer las presentaciones y Atenea lo imitó de inmediato, sufriendo el habitual nudo en el estómago. Había descubierto ese extraño fenómeno hacía ya bastante, durante sus primeras apariciones en sociedad. Cada vez que iban a presentarle o le presentaban de hecho a un caballero, todo parecía recolocársele dentro del cuerpo en un instante y no podía evitar pensar que quizás, solo quizás, el caballero en cuestión fuera el que llevaba casi toda la vida esperando encontrar. Pese a las dudas de Harry, Atenea seguía convencida de que sabría perfectamente reconocer al hombre de su vida, con el que se casaría y sería feliz para siempre. Aunque no se tratara de amor a primera vista, sí que podría serlo razonablemente a la segunda, o a la tercera. En cuanto empezara a conocer al susodicho caballero, se daría cuenta de ello, de una forma u otra. Y cada vez que se enfrentaba a la posibilidad de estar viviendo el comienzo del proceso, inevitablemente se ponía algo nerviosa.

Tras los momentos de tensión inicial, se centró en las presentaciones de Harry y le dio tiempo a captar que el caballero que la saludaba con la habitual inclinación de cabeza era *sir* Hubert Collington. Atenea no sabía nada específico de él, aunque lo había oído nombrar. *Sir* Hubert era noble, como resultaba obvio por el título, y poseía una hacienda interesante en algún sitio que no podía recordar. Tampoco creía haberlo visto en ninguno de los habituales y abundantes grupos de caballeros que se apelotonaban en los rincones alejados de los salones en los que se celebraban todas y cada una de las muchas reuniones sociales de la temporada, salvo que coincidieran en el tiempo. Las damas acudían a los bailes, cenas y eventos musicales con el obvio interés de disfrutar de ellos. Sin embargo, los caballeros parecían acudir a ellos a su pesar. Adam, simplemente, no asistía, salvo para ejercer de guardaespaldas. Atenea no se lo podía imaginar merodeando, husmeando, espiando. Su tendencia natural sería mirar con los ojos entrecerrados y el ceño fruncido y, casi con seguridad, denunciar en voz alta y sin miramientos lo que no le gustara, que probablemente sería todo. Así que casi era mejor que no acudiera, y no le cabía duda de que esa era la razón por la que Perséfone no lo presionaba para que la acompañara.

Sir Hubert se colocó a la derecha de Atenea, mientras que a su izquierda estaba Harry. En ese momento, la señora Fitzpatrick comenzó a presentar a la primera intérprete, que se sentó al pianoforte en el pequeño escenario. Atenea cruzó las manos recatadamente en el regazo, sintiendo vívidamente la presencia a su lado del caballero. Notó que no olía tan bien como Harry, cosa que no le gustó y hasta le molestó. Además, no sonreía, sino que su expresión era de un nada disimulado y cínico aburrimiento. Esas poses eran habituales en la alta sociedad, pero Atenea siempre había preferido a las personas que al menos parecían estar algo a gusto con la vida que llevaban.

La joven al piano estaba interpretando de forma bastante decente una sonata que Atenea reconoció, aunque sin ser capaz de identificarla. No se distinguían notas equivocadas ni la música resultaba estridente. Puede que hasta fuera capaz de sobrevivir a la velada sin mayores contratiempos. No dudaba de que la anfitriona se estaría guardando a los mejores intérpretes para el final, lo que significaba que la actual sería, si no la peor, una de las peores, así que no era previsible que hubiera que aguantar algo realmente horrible.

Cuando la señora Fitzpatrick invitó a la concurrencia a servirse un muy ligero refrigerio, Atenea había acumulado cierto optimismo. La cabeza seguía recordándole su amenazadora presencia, aunque ya no pensaba que le fuera a arruinar la velada por completo.

Sir Hubert estaba sentado a la mesa a la que Harry llevó a Perséfone y Atenea. Pese a no haber intercambiado palabra alguna, más allá de los saludos obligatorios de la presentación, Atenea no sentía ninguna urgencia de entablar conversación con él. Puede que hubiera generado cierta desconfianza hacia la selección de amigos que estaba haciendo Harry. Hasta ahora no había encontrado entre ellos ni uno que fuera mínimamente salvable.

—¿Me permiten unirme a ustedes? —preguntó una voz que le sonó familiar.

Atenea recibió con una sonrisa al señor Dalforth, aunque era a Perséfone a quien le correspondía contestar a su solicitud. Así lo hizo, y a Atenea le gustó que el recién llegado Dalforth se sentara junto a ella. Quizá se trataba del único caballero que había conocido desde su llegada a Londres cuya compañía no se le había hecho desagradable de inmediato.

Por eso se preguntaba por qué Harry parecía no estar nada a gusto con la presencia del señor Dalforth.

Capítulo 10

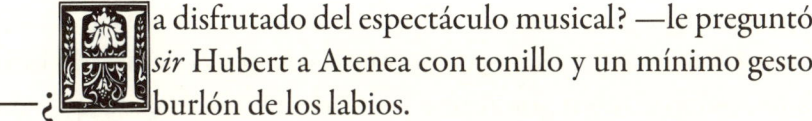

—¿Ha disfrutado del espectáculo musical? —le preguntó *sir* Hubert a Atenea con tonillo y un mínimo gesto burlón de los labios.

—¿Espectáculo? —repitió Atenea, algo confusa debido a la elección del término.

—Sin duda ha sido un espectáculo —contestó soltando una risa seca y sin humor—. Pocos de los intérpretes tenían las condiciones mínimas para actuar, si es que había alguno. Y los que las tenían, era en una cantidad muy escasa.

—Pues yo creo que eran razonablemente buenos —respondió Atenea con cierta cautela. Su tono había sido despectivo, aburrido y plano, y las palabras extraordinariamente críticas—. Y, en cualquier caso, se trataba de aficionados.

—Señorita Lancaster, si hubieran sido artistas profesionales, me habría visto obligado a cuestionar el futuro musical de esta nación nuestra —indicó con la misma mezcla de superioridad e indiferencia con la que había pronunciado hasta ese momento todas sus frases—. De hecho, «espectáculos» como el que hemos soportado esta noche podrían ser una señal de que el buen gusto está desapareciendo en nuestra patria, si es que es representativo de lo que puede ofrecer Inglaterra a sí misma y al mundo.

Atenea se asombró y se quedó sin palabras ante una crítica tan demoledora y tan, en su opinión, fuera de contexto. Se suponía que una velada musical era un rato de esparcimiento indulgente y sin grandes expectativas: nadie iba allí a escuchar interpretaciones asombrosas. Y además, esta en concreto había sido superior a muchas otras.

—Yo no creo que nadie haya pretendido estar transmitiendo un alto nivel de talento —dijo por fin.

—Yo no creo que nadie haya transmitido ni el más mínimo nivel de talento. —*Sir* Hubert se quedó tan satisfecho de sí mismo con la agudeza de su respuesta que hizo un altanero gesto de satisfacción.

—Deduzco que es usted un músico de gran talento, *sir* Hubert —dijo Atenea sin ánimo de burlarse y pensando que esa sería la razón de tamaño desdén.

—No hace falta poseer un determinado talento para encontrar la falta de él en otros —fue su respuesta.

—¿Ha disfrutado, aunque sea un poco, con alguna de las actuaciones? —insistió Atenea.

—Una de las jóvenes que ha alardeado esta noche...

De nuevo la elección del verbo, en este caso «alardear», le pareció bastante inadecuada. Habría resultado más lógico «interpretar», o incluso la más informal «tocar».

—... era pasablemente bonita, supongo, siempre que uno no se fijara mucho en el ridículo tamaño de su nariz, claro.

Atenea se lo quedó mirando sin dar crédito a lo que había escuchado. Había atendido a todas las actuaciones y se había fijado en las intérpretes. Como era lógico, no todas podían considerarse unas bellezas, paro tampoco pensaba que ninguna de ellas fuera fea.

—Me da la impresión de que tiene usted un concepto algo extraño de lo que significa «pasablemente bonita» —dijo Atenea bastante sorprendida. Se había olvidado por completo de la comida debido al asombro que le causaban las afirmaciones de *sir* Hubert. La amenaza del dolor de cabeza seguía rondando. De hecho, no solo sentía las típicas pulsaciones en la cabeza, sino que se le empezaban a cargar los hombros.

—Sin duda, me considera demasiado indulgente, ¿verdad? —dijo *sir* Hubert sonriendo como si tuvieran una especie de acuerdo secreto. A Atenea no le gustaba nada la sola idea de estar de acuerdo con *sir* Hubert en nada, fuera lo que fuese—. Para mí, «pasablemente bonita» significa sin más que no va a asustar a los niños pequeños ni a poner en fuga a los perritos nada más verla.

No encontró ninguna respuesta adecuada para eso. En realidad, no la había.

—Por lo que se refiere a usted, señorita Lancaster, debería evitar quedarse así mirando con la boca abierta. Uno no tiene más remedio que evocar a un pez mirando el cristal de un acuario. Si no fuera por ese gesto tan inadecuado, podría considerarse que es usted una de las mujeres más bellas que ha acudido a este evento. Como poco, forma parte de la mejor docena, más o menos.

—¿Perdone? —A Atenea no le gustó el tono estrangulado de su propia voz, pero lo cierto es que pocas veces en su vida había estado tan asombrada.

—Una vez más, demasiado indulgente. Sí, ya lo sé. Es un problema que tengo, aunque lucho con todas mis fuerzas por superarlo. —*Sir* Hubert suspiró como si sus intentos por comportarse como un redomado canalla le resultaran agotadores.

Atenea se había quedado sin palabras, estupefacta.

—Por otra parte, su excelencia la duquesa sería una dama bastante agraciada si no fuera porque su palidez la convierte en completamente anodina.

Aunque pareciera imposible que su anterior asombro pudiera superarse, Atenea empezó a sentirse conmocionada de verdad. *Sir* Hubert hablaba en tono absolutamente serio, pero no con la arrogante superioridad del señor Peterbrook. Además, en ningún momento alardeaba de su buen aspecto. Lo que hacía era expresar opiniones ofensivamente cáusticas acerca de los que le rodeaban, sin importarle lo cerca que estuvieran.

—Lo que pasa es que Kielder tampoco está en condiciones de ser muy exigente, digo yo. —*Sir* Hubert fijó la vista en Perséfone durante un instante con evidente gesto de desaprobación—. Cualquier dama puede considerarse una belleza si se compara con él.

La única reacción de Perséfone fue un ligerísimo encogimiento, aunque Atenea se dio cuenta de que se había puesto alarmantemente pálida, además de no ser capaz tampoco de esconder por completo la punzada de dolor que se le reflejó en los ojos. Las dudas acerca de su atractivo eran quizá su mayor vulnerabilidad. Atenea lo sabía bien. Perséfone casi nunca perdía el aplomo, aunque Atenea estaba bien al tanto de que no era raro que pensara de sí misma algo muy parecido a como la había descrito *sir* Hubert tan malévolamente: «completamente anodina». El comprobar que su hermana estaba a punto de perder la compostura la puso al borde del llanto.

¡Qué hombre más venenoso y horrible!

—De nuevo está poniendo cara de pez —espetó *sir* Hubert, arrugando la nariz como si «oliera» como un pez además de parecerlo—. Veo difícil que en la alta sociedad londinense haya un hombre tan desesperado como para transigir con semejante gesto. No todas las damas sin atractivo van a tener la suerte que su hermana sí que tuvo.

—*Sir* Hubert —intervino Dalforth algo alarmado; Atenea había olvidado por completo su presencia—, ¿se da usted cuenta de que estas dos damas son, respectivamente, la esposa y la cuñada del duque de Kielder? Me temo que él no se va a tomar nada bien sus comentarios, por otra parte, difamatorios.

—Difícilmente pueden considerarse difamatorios unos comentarios absolutamente certeros y que responden a la realidad. —Hubert sonrió casi conmiserativamente—. Ningún caballero con cierta capacidad de discernimiento podría negar que su excelencia es anodina desde cualquier punto de vista con el que se la juzgue. Y estoy seguro de que su excelencia el duque lo tiene muy claro, pues lo que le falta es una oreja, no un ojo. Por otra parte, tiene todo el sentido que una dama desesperada por su falta de atractivo se case con un caballero como el duque, una vez que seguramente hubo perdido la esperanza de un enlace más... agradable.

Atenea siempre había pensado que las damas que se quedaban literal y teatralmente sin aliento de la sorpresa lo hacían por el efecto dramático que ello causaba entre la audiencia. En su caso, el gemido fue producto de una auténtica e incontrolable conmoción.

—Y, una vez más —continuó implacable *sir* Hubert mirando en dirección a Atenea—, la señorita Lancaster demuestra sin ningún género de dudas su tendencia a poner cara de pez. Le juro que se parece muchísimo a una carpa que pesqué en Hoppleforth no hace mucho.

Atenea se mordió el labio para disimular el temblor y no darle a *sir* Hubert la satisfacción de comprobar que sus palabras la habían herido. Tampoco iba a ponerse en evidencia en público ni a darle más razones para continuar con sus insultos. Se limitó a mirar a Harry y rogarle en silencio que la ayudara a salir de la situación en la que se encontraba. Sabía que se iba a dar perfecta cuenta de lo que necesitaba en ese momento. Siempre se la daba.

—Su excelencia —empezó Harry dirigiéndose a Perséfone con la deferencia que merece una duquesa, pero también con tono de confianza y de cierta autoridad—, me temo que esta noche la lista de invitados ha incluido toques de... vulgaridad. —Miró a *sir* Hubert con tal mirada de desprecio y superioridad que a Atenea le costó reconocer al siempre afable Harry Windover—. Me atrevo a sugerir que nos vayamos de aquí y acudamos ya a nuestro siguiente compromiso, en el que sin duda los allí presentes estarán a una altura más comparable a la suya.

Como rapapolvo fue magnífico. Pero a *sir* Hubert no pareció hacerle mella.

—¿Me permiten que los acompañe? —inquirió el señor Dalforth, y los dos caballeros se ofrecieron a ayudar a levantarse de sus asientos a Perséfone y Atenea.

Harry encabezó el silencioso grupo y se dirigió hacia donde estaba la señora Fitzpatrick para agradecerle la velada musical, que se abstuvo de calificar como «agradable». Después los condujo hacia el vestíbulo principal. Pidió que se avisara al carruaje de los Kielder y dos criados acudieron con los abrigos y chales.

—Señorita Lancaster —empezó el señor Dalforth mientras la acompañaba en dirección al coche—, sería un honor para mí que me acompañara a dar una vuelta por el parque en mi carruaje a primera hora de la tarde de mañana.

El orgullo de Atenea estaba tan herido que no pudo evitar una respuesta desconfiada.

—¿De verdad quiere usted que le vean con una dama con cara de pez? —preguntó en voz baja. Había pretendido dar la respuesta en tono ligero, pero sonó densa y pesada como el plomo.

—No —respondió Dalforth de inmediato—. Quiero que me vean con usted.

Atenea sonrió levemente y miró a Perséfone para obtener su permiso, y esta asintió de inmediato en voz muy baja.

—Por supuesto.

—En tal caso iré a recogerla aproximadamente a la una menos cuarto.

—Muchas gracias, caballero —dijo Atenea, sintiendo que las lágrimas acudían de nuevo a sus ojos.

—Y Windover, si te es posible, me gustaría que tú y yo nos viéramos también mañana. Quizás en nuestro club... —Hubo algo en el tono de Dalforth que dejó claro que se trataba de algo más que una petición.

La tensión entre ambos hombres era lo suficientemente alta como para atravesar la niebla de dolor que descendía sobre la mente de Atenea. La jaqueca era muy intensa. Miró a Harry y le dio tiempo a ver que, con gesto tenso, asentía mínimamente en dirección a Dalforth. Pero Atenea no tenía fuerzas para realizar un esfuerzo de agudeza que le permitiera averiguar cuál era el problema entre ambos hombres. Lo único que deseaba era recorrer lo más rápidamente posible las calles de Londres para llegar cuanto antes a Falstone House e intentar olvidarse de que había conocido a *sir* Hubert Collington.

Un momento después, los caballos avanzaban velozmente por el pavimento. El dolor de cabeza que tenía cuando se dirigían a la mansión de los Fitzpatrick no era nada en comparación con el que la golpeaba ahora. No recordaba nada tan monumental. Las palabras «cara de pez» y «desesperada» no dejaban de resonar en su atormentado cráneo.

—Espero que no tengas la intención de llevarnos a ningún otro evento esta noche, Harry —dijo Perséfone con voz firme, pero extrañamente queda.

—No, en absoluto —contestó él, esta vez sin el tono jovial que solía caracterizarlo—. Volvemos a Falstone House.

Atenea exhaló un suspiro de alivio y se retrepó en el mullido asiento del lujoso carruaje. Cerró los ojos, y el latido de su corazón inundó su cabeza. Estaba segura de que si lograba dormirse, dejaría de dolerle y se sentiría mejor. Seguro que a la luz del sol hasta podría deshacerse de las venenosas espinas que le había clavado *sir* Hubert.

—Venid a la biblioteca —propuso Perséfone cuando llegaron—. Seguro que está encendida la chimenea. —El tono de voz de su hermana todavía no era el habitual. La influencia del maligno noble había calado hondo.

Harry aceptó con una sonrisa que seguía sin ser del todo natural. Atenea se sintió tentada de ir directamente al piso de arriba, a su dormitorio, pero enseguida se lo pensó mejor. Perséfone había pasado la parte de la velada en compañía de un noble ponzoñoso y malhumorado y Adam no solía soportar esa forma de comportarse. Atenea no había sido capaz de plantar cara a *sir* Hubert para defender a su hermana. No podía fallarle de nuevo.

Apretó los dientes procurando que la pulsátil agonía no la desquiciara y siguió a Perséfone y Harry, que ya habían entrado en la biblioteca. Adam estada sentado en un sillón cercano al fuego, leyendo un libro. El duque alzó la cabeza al oírlos entrar y Atenea no pudo evitar sentirse intimidada por su cuñado, como siempre le ocurría. No obstante, se quedó de pie cerca de la puerta, decidida a estar allí por si su hermana la necesitaba.

—Habéis vuelto pronto —observó Adam poniéndose de pie y dejando el libro sobre una mesa cercana—. ¿No lo estabais pasando bien?

Perséfone se encogió de hombros como si fuera una pregunta irrelevante. Abrió la boca para contestar pero, para sorpresa de su hermana, no dijo nada y se llevó las manos a la cara. De todos modos, no fue eso lo que más sorprendió a Atenea. Esperaba por parte de Adam una reacción de desaprobación, quizá de enfado. Pero lo que vio fue pura y simple preocupación.

—¿Qué ha pasado? —preguntó Adam acercándose a su esposa inmediatamente.

—¡Oh, Adam! —se limitó a decir Perséfone llorosa.

Adam la abrazó. Su gesto fue amoroso y al mismo tiempo confundido.

—¿Perséfone? —preguntó cada vez más alarmado—. Dime qué ha pasado.

La duquesa se limitó a esconder la cabeza en su pecho, sin decir palabra.

—¡Harry! —Allí estaba el tono autoritario esperable en Adam. Atenea dio un paso atrás y apretó la espalda contra la pared—. Explícame lo que ha pasado.

—Tu duquesa y la señorita Lancaster han tenido el dudoso honor de conocer a *sir* Hubert Collington —contestó Harry.

—Y les ha conmocionado su naturaleza venenosa, por supuesto —concluyó Adam de inmediato. No había soltado a Perséfone, y en esos momentos le acariciaba dulcemente la espalda dibujando círculos lentamente con los dedos. Atenea se sintió fascinada por el movimiento, por su ternura y suavidad. ¿De verdad era el duque de Kielder el que estaba haciendo eso?—. ¿En quién ha volcado esta vez sus críticas? —La voz de Adam tenía un evidente tono de desaprobación y Atenea sintió una gran simpatía por su cuñado. Adam también era muchas veces ácido y crítico, pero en ese momento era la viva imagen del marido preocupado y enamorado.

Se produjo un silencio incómodo. Harry no contestó con palabras, sino que hizo un movimiento sutil señalando con el mentón a Perséfone. Atenea vio que Adam se ponía tenso. El fiero gesto del terrible duque había vuelto.

—¿Qué dijo? —no era una petición, sino una orden.

—Adam, no creo que sea conveniente que Perséfone vuelva a oírlo —contestó Harry.

—¿*Sir* Hubert ha vuelto a decirle esas cosas horribles? —Que el tono de Adam indicaba lo cerca que se encontraba de estar absurdamente furioso habría quedado claro incluso para el más obtuso de los interlocutores.

—Y también a Atenea —añadió Harry.

Adam volvió la mirada hacia ella. La joven ni siquiera había notado que se hubiera percatado de su presencia. Se puso tensa y el corazón empezó a latirle a toda velocidad. ¿Iba a reñirla? ¿Se enfadaría porque no había defendido adecuadamente a Perséfone?

—¿Estás bien? —preguntó Adam. La obvia preocupación y sinceridad de la pregunta rompió sus últimas y ya debilísimas barreras. Atenea ahogó un sollozo con dificultad.

—Atenea. —Era la voz de Harry, más un suspiro que una verdadera palabra. Mantenía la compostura, pero su expresión era incluso más terrible que la de Adam. Expresaba una tremenda culpa, como si se sintiera responsable de la horrible experiencia que había sufrido, de que el infame individuo la hubiera insultado pública y repetidamente. Y en ese momento el único sentimiento que la embargó fue una tremenda y pavorosa humillación.

Esta vez no pudo evitar, ni siquiera ahogar el sollozo. Giró sobre los talones y salió huyendo hacia el refugio de su habitación.

Capítulo 11

Harry no iba a olvidar en todo lo que le quedaba de vida la expresión de la cara de Atenea cuando salió a toda prisa de la biblioteca de Adam. Las insidiosas observaciones de *sir* Hubert la habían herido en lo más hondo. Y ahora, tras una noche casi sin pegar ojo, él seguía lidiando con su propia conciencia, que le recordaba continuamente el papel que había desempeñado en la terrible escena que se produjo en casa de los Fitzpatrick.

Sir Hubert había labrado su siniestra reputación a lo largo de por lo menos diez años, y todo el mundo sabía que era un individuo hipercrítico y extraordinariamente cruel. Pero Harry no podía predecir que fuera a clavar las garras en sus compañeros de mesa. Normalmente lanzaba el veneno contra personas que no se encontraban en las inmediaciones. Y, además, Harry contaba con que la reputación de Adam lo previniera de hacer tal cosa.

Lo que esperaba era poder demostrarle a Atenea la importancia que tenía escoger como compañero para toda la vida a un hombre amable y de buen corazón. Pero la jugada no le podía haber salido peor.

—Windover.

Harry temía esa reunión como a un nublado. El enfado con él de Charles Dalforth la noche anterior había sido tremendo. Además, desde el principio estuvo al tanto de su estrategia, consistente en escoger alternativas inadecuadas por distintas razones para Atenea, para que tuviera claro los comportamientos y formas de ser que la joven debía rechazar. Así que se podía hacer perfectamente a la idea de lo que Dalforth le iba a decir.

—Dalforth —saludó Harry, dejándose caer en un sillón de orejas en uno de los rincones menos transitados de White's y preparándose mentalmente para la que se venía encima.

—¿*Sir* Hubert Collington? —El tono de Dalforth era una mezcla de incredulidad y censura—. ¿De verdad?

Harry negó con la cabeza y suspiró quedamente. Había sido un error de juicio tremendo, y de consecuencias catastróficas.

—Me imagino que lo elegiste para que la señorita Lancaster tuviera claro que no podía casarse con el paradigma de la impertinencia —dijo Dalforth.

—Pues sí... Básicamente, esa era la idea —reconoció Harry.

—Pero claro, hay que tener en cuenta que, a diferencia de Howard, Peterbrook y Handley, no se puede considerar a *sir* Hubert como una persona inofensiva. Es un canalla al que le importan un bledo los sentimientos de los demás. ¡Pero si ni siquiera lo aceptan los más tiquismiquis del protocolo social!

—Lo cual demuestra que la señorita Lancaster, bajo ningún concepto, debería tener en cuenta a un personaje ni parecido a *sir* Hubert. —Harry se sentía forzado a defenderse, incluso pese a que llevaba muchas horas haciéndose a sí mismo idénticos reproches.

—Entonces, ¿me puedes decir cómo le demostrarías a la señorita Lancaster que no debe estar en compañía de un hombre que pudiera dañarla físicamente? ¿Poniéndola a los pies de los caballos? —preguntó Dalforth con gesto de inmenso reproche.

—¿Estás sugiriendo que iba a dejar a la señorita salir con un hombre que podría infligirle daño físico? —El tono de Harry fue de indignación. Esa insinuación no podía consentirla.

—Acabas de permitir que estuviera en compañía de un tipo que podía dañarla emocionalmente, ¿no es así? ¡Y vaya si lo hizo! —replicó Dalforth—. ¡Por Dios! ¿Acaso no viste la cara de la pobre chica?

Harry volvió a contemplar vívidamente el gesto de dolor de Atenea de la noche anterior.

—Ninguna joven debería vivir la traumática experiencia de hablar con *sir* Hubert. —Dalforth parecía genuinamente indignado y, pese al difícil momento que estaba pasando, el respeto que Harry le profesaba creció como la espuma—. Y su forma de referirse a su excelencia la duquesa fue inexcusable.

—Estoy totalmente de acuerdo.

—No conozco demasiado al duque de Kielder, pero si no sabe en qué consistió el comportamiento de *sir* Hubert, me sentiré obligado a informarle, y lo haré, no te quepa duda. —Se trataba de algo parecido a una amenaza, como si Dalforth no estuviera del todo seguro sobre si Harry había cumplido con su deber de proteger el honor de ambas damas.

—Está perfectamente al tanto —informó Harry.

—¿Y Hubert todavía está vivo? —Hizo la pregunta muy en serio, lo cual hizo saber a Harry que su interlocutor conocía perfectamente la reputación de Adam.

—Pues de momento, creo que sí —contestó Harry. Dalforth lo miró con gesto interrogativo, por lo que tuvo que explicarse—. Creo que, en este preciso momento, *sir* Hubert está aquí, en White's. Y, a su vez, su excelencia el duque de Kielder está a punto de llegar también.

Dalforth abrió los ojos como platos.

—O sea, que va a haber espectáculo —afirmó más que preguntó arqueando las cejas.

—Más bien una ejecución —corrigió Harry.

La risa de Dalforth fue inquieta. No estaba seguro de si Harry exageraba. Ni el propio Harry lo estaba. Conocía a Adam desde hacía más de veinte años y jamás lo había visto como la noche anterior.

Tras acompañar a Perséfone a sus dependencias, Adam le había exigido que le contara todo lo que había pasado, con pelos y señales y palabra por palabra. Perséfone no había sido capaz de dar muchos detalles, debido a las muchas emociones que había experimentado y de las que aún no se había librado del todo. Tras repetir casi literalmente los insultos proferidos por *sir* Hubert contra su queridísima esposa, para Harry resultó cristalino que la confrontación entre Adam y *sir* Hubert Collington iba a ser homérica. Además, como el propio Harry no estaba en posición de defender el honor de Atenea, animó al terrible duque a que lo hiciera.

—Y ahora, si me perdonas, debo cumplir con mi responsabilidad de acompañar a que se enfrente a su destino a quien pronto va a dejar de estar entre nosotros. —Harry se levantó del sillón.

—Pues creo que te voy a acompañar —dijo Dalforth imitándolo—. Tengo bastante interés en contemplar cómo se repara y se venga el daño causado anoche.

Harry miró dubitativamente a Dalforth.

—¿En calidad de qué? —¿Acaso se habría declarado Dalforth? ¿Había algún acuerdo entre Atenea y él? La posibilidad no le gustó nada.

—*Per se*, en calidad de nada —respondió Dalforth con tiento—. Solo por el mero interés que un caballero que se tenga por tal debe tener en que una dama no se vea expuesta a insultos ni humillaciones.

A Harry no le convenció del todo la explicación. El interés de Dalforth parecía ir bastante más allá de lo explicado. Harry lo había visto bailar con Atenea en más de una ocasión. Dalforth aparecía junto a ella en bastantes eventos. La iba a sacar a pasear esa mismísima tarde. Por otra parte, estaba claro que Dalforth tenía la posición social y el patrimonio adecuados para aspirar a su mano. Por otra parte, Harry tenía que empezar a pensar en apretarse el cinturón, como le pasaba cada año. Normalmente no permanecía en Londres a primeros de agosto, y este año ya había extendido la estancia un mes más de lo habitual. Ni que decir tiene que la ciudad no era un lugar en que la vida fuera barata.

Harry paseó la mirada por las caras de las personas que en ese momento estaban disfrutando del confort de uno de los clubes de caballeros más selectos de Londres. Esa tarde volverían a casa para relatar a sus esposas e hijas una buena historia. ¿Pero dónde estaba ahora el malo del cuento?

Encontró a *sir* Hubert en una sala bastante abarrotada, cosa que sin duda sería del agrado de Adam. Además, la audiencia se multiplicaría en cuanto comenzara el espectáculo.

—*Sir* Hubert —dijo con voz aparentemente alegre si uno no estaba muy atento al deje de ironía de su tono—. Me alegro de verle.

El aludido no pareció impresionarse. Después de todo, Harry no tenía título alguno, y eso era algo de suma importancia para el barón.

—¿Qué tal fue el resto de la velada musical de anoche? —preguntó Harry con tono distendido.

—Tan ofensivo para las personas con cierta sensibilidad como la primera parte —respondió *sir* Hubert con su acidez habitual.

—¿Y las actuaciones resultaron tan insultantes como el comportamiento de una de las personas invitadas? —preguntó Harry manteniendo la expresión inocente y el tono ligero.

—No le sigo del todo, Windover —replicó *sir* Hubert.

—¡Qué raro! —Harry forzó claramente el gesto de sorpresa—. Recuerdo que una de las personas con las que estuve tuvo un comportamiento absolutamente odioso. ¿No te parece, Dalforth?—. Se volvió al aludido, que estaba junto a él.

—Desde luego que sí —fue su respuesta.

—No tengo la menor idea de a quién se están refiriendo —dijo *sir* Hubert alzando ligeramente el mentón. Obviamente, el gesto significaba que no le importaban en absoluto las opiniones de caballeros sin título nobiliario.

—Pues le sugiero que empiece a pensar en ello, *sir* Hubert. Que lo piense a fondo. Y que lo piense deprisa.

—¿Es una amenaza? —replicó *sir* Hubert entrecerrando los ojos.

—Una advertencia —corrigió Harry—. Una advertencia...

El control de los tiempos de Adam siempre había sido perfecto, y esta vez no fue una excepción. Atravesó el umbral de la puerta de la habitación en la que estaban hablando Harry, Dalforth y *sir* Hubert ante la mirada de más de veinte atentos observadores. Se produjo un extraño siseo de expectación.

Harry se permitió una sonrisa divertida.

—Se acabó el tiempo —dijo dirigiéndose a *sir* Hubert antes de hacerse a un lado para permitir el paso de Adam para que hiciera su trabajo.

Adam avanzó por la sala despacio y con gesto decidido, mirando al caballero sin pestañear con tal intensidad que Harry pensó que al barón hasta le estaría doliendo físicamente. Parte de la petulancia de *sir* Hubert se había esfumado ya.

En ese momento se podría haber oído en la habitación el vuelo de una mosca, pese a haber en ella más de veinte personas que, al menos teóricamente, estaban respirando. Adam se quedó a menos de medio metro de la butaca en la que estaba sentado *sir* Hubert.

—De pie, gusano —espetó el duque sin más preámbulos.

Sir Hubert se levantó a toda velocidad, por lo que la elegancia del movimiento resultó bastante perjudicada. Nadie podría negar que lo hizo con bastante torpeza.

—Su ex...

—Ni se te ocurra decir una sola palabra —gruñó Adam—. Ya has dicho todo lo que tenías que decir. Ahora lo que te toca es escuchar.

Sir Hubert miró durante un instante a Harry, como si de repente hubiera caído en la razón de la anterior advertencia de Adam. Harry inclinó levísimamente la cabeza dando a entender que se daba cuenta.

Todos en la habitación estaban pendientes de lo que fuera a decir, pero Adam se mantuvo en silencio. Harry entendió perfectamente sus intenciones: la espera solo serviría para aumentar la ansiedad de *sir* Hubert, que recorría la habitación con la mirada como si estuviera buscando respuestas adecuadas a sus preguntas en los ojos de los presentes. Y a su vez, las preguntas que estos se estaban haciendo eran obvias: ¿qué habría hecho *sir* Hubert para enfadar de esa manera al peligrosísimo duque de Kielder? ¿Y qué quedaría del barón cuando el duque hubiera acabado con él?

Con un movimiento tan rápido y experto que incluso a Harry le costó registrar, Adam extrajo una siniestra espada de la vaina que reposaba alrededor de sus caderas y la colocó apuntando a la garganta de *sir* Hubert. La punta no estaba protegida por ningún botón. Evidentemente, no se trataba de un entrenamiento.

—Tu pañuelo de cuello es ofensivo —dijo Adam hablando con los dientes apretados. Tras un rapidísimo movimiento de muñeca, el pañuelo cayó limpiamente a sus pies. La prenda de lino estaba partida en dos—. Lo mismo les pasa a los botones. —Uno por uno, los botones fueron cayendo al suelo haciendo escaso ruido, pero el ominoso eco resonó en las paredes. Nadie osaba moverse ni decir palabra. Harry hasta dudaba de que alguno de los presentes pestañeara siquiera—. Y el dibujo del chaleco.

La palidez de *sir* Hubert llegó a un límite imposible cuando la punta de la espada de Adam fue rasgando el chaleco con lentitud, casi con languidez, reduciéndolo a meras cintas, pero sin causar el más mínimo corte en la camisa de debajo.

—Pero me ofende muchísimo más... —Adam elevó la punta de la espada y la apoyó exactamente sobre la nuez de *sir* Hubert—... el hecho de pensar en volver a oír tu voz.

—No le recomiendo tragar saliva con excesiva fuerza, *sir* Hubert —aconsejó con voz obsequiosa Harry, que estaba a pocos pasos de Adam—. La punta de esa espada no está protegida.

La cara del barón carecía ya de cualquier color. Tras unos instantes, tomó la desaconsejable decisión de explicar su conducta, aunque las palabras que pronunció apenas pudieron entenderse.

—Supongo que se han exagerado mis palabras a propósito de su...

Con un movimiento que sin duda ambos dominaban a la perfección, Harry agarró al vuelo la espada que lanzó Adam, quien casi simultáneamente sujetó al barón por el cuello.

—¿Te vas a atrever a pronunciar el nombre de una dama en un lugar como este? —La voz de Adam, calmada y lenta, producía escalofríos.

La intervención de *sir* Hubert había terminado de sobrepasar por completo lo que Adam podía soportar. Un caballero no podía ni siquiera insinuar que una dama era la razón de un enfrentamiento o desafío, y no digamos mencionarla específicamente. Esa violación de la etiqueta social era razón suficiente para desafiarlo a un duelo.

Harry había visto cómo se hinchaban las venas de Adam en el momento en que *sir* Hubert habló.

—Su excelencia, si lo va a matar, ¿nos haría el favor de hacerlo deprisa? —dijo Harry sin rastro de preocupación en el tono de voz—. Esta noche voy a acudir a un baile y no me gustaría nada perderme ni siquiera el primer minué.

—Prefiero matar a esta alimaña despacio y con dolor —espetó Adam mirando con desprecio a *sir* Hubert—. Deshacerse de la basura de inmediato no proporciona la menor satisfacción.

—Cierto —dijo Harry encogiéndose de hombros como si reconociera lo acertado del comentario de su amigo. Disimuló como pudo una sonrisa divertida, pues estaban llegando a la parte del espectáculo con la que disfrutaba más: Adam iba a ofrecer una salida al que le había ofendido, aunque en realidad no era una rama de olivo, sino un regalo envenenado.

—Escucha muy atentamente, Hubert.

Cuando Adam prescindía de los títulos, era el momento de ponerse a cubierto.

—Tu presencia en Londres terminará antes de que caiga la noche. Ya estoy absolutamente harto del sonido de tu voz. Si tengo conocimiento de que has pronunciado una sola palabra antes de que estés como mínimo a un pueblo de distancia de la ciudad, me encargaré personalmente de rebanarte las cuerdas vocales. Puedes dar instrucciones a tus criados, pero por escrito. O dirigirte a ellos por señas, pero hablar no. Y ten por seguro que sabré si has hecho algo distinto de lo que te estoy ordenando.

Sir Hubert intentó asentir, pero no pudo debido a la férrea sujeción de Adam. Al duque le pareció suficiente. Sin más ceremonias, arrojó al suelo al barón.

Harry echó un somero vistazo a la concurrencia mientras le lanzaba la espada a Adam. *Sir* Hubert no era un personaje apreciado. Todas las caras mostraban conmoción, por supuesto, pero también podía distinguir bastantes ojos que brillaban satisfechos. Por supuesto que Adam iba a saber si *sir* Hubert había hablado antes de quitarse de en medio. Cada oído permanecería atento y cada lengua estaría presta a informar.

Cuando Adam echó a andar para salir de la habitación, inmediatamente se abrió un camino parecido al que Moisés abrió en el mar Rojo para que pasara el pueblo judío. Su mirada no podía ser más dura y desafiante, mucho más de lo habitual por difícil que pareciera. Harry caminaba a su lado, muy satisfecho por la forma en que se había reparado el insulto que había recibido Atenea y por las consecuencias que iba a tener para *sir* Hubert.

Se subieron al carruaje de la familia y emprendieron el regreso a Falstone House. La expresión de Adam seguía siendo sombría. Había que intentar mejorar su humor antes de que cambiara de idea, no fuera a ser que terminara enfrentándose a Hubert e impidiéndole su huida de Londres con el rabo entre las piernas, con las obvias consecuencias que eso tendría.

—Hacía tiempo que no desplegábamos una ejecución y la abortábamos en el último momento —comentó casi alegremente Harry—. Me lo he pasado bien viendo a *sir* Hubert. Y te felicito por el manejo de la espada. Ha sido una auténtica obra maestra.

—Tenía que haberle pegado un tiro —gruñó Adam. Harry lo conocía lo suficiente como para saber que hablaba en serio.

—Probablemente. Pero si lo hubieras hecho, Perséfone se habría preocupado mucho por ti —le recordó Harry—. Y bastante preocupada ha estado ya.

—Y Atenea también —reconoció Adam—. No había visto en mi vida tanto llanto —espetó poniendo los ojos en blanco.

Harry rio.

—Tienes poca memoria. Perséfone no paraba de llorar durante los primeros meses de vuestro matrimonio.

—Sí, es cierto. Pero lo hizo a solas en su jardín, donde la cosa seguramente no resultó tan desagradable —dijo ecuánimemente el duque.

—¡Adam, pensaba que querías a tu esposa y que te preocupabas por ella! —exclamó Harry con alarma fingida.

—Harry, algún día encontrarás a una mujer que haga que bailes a su alrededor como un perrito faldero, y seguro que entonces no estarás tan seguro de ti mismo.

—¿Seguro de mí mismo? No. Te garantizo que no.

—Temes un fracaso cercano, ¿eh? —preguntó Adam con tono de curiosidad.

—Me preparo para lo inevitable.

Adam rio con ganas. Antes de que Perséfone apareciera en su vida, casi nunca lo hacía. No obstante, la situación de Harry no tenía nada de graciosa. Pensó tristemente que lo único que tenía que pasar era que se encontrara de repente con una montaña de dinero. Solo eso. Así se acabarían todos sus problemas.

Ahora fue Harry el que se rio de su pensamiento. La vida nunca se desarrollaba de esa forma. ¡En absoluto!

Capítulo 12

Atenea tenía muy claro que no había sido una buena compañía para el señor Dalforth durante su paseo en carruaje. El intenso dolor de cabeza que la atormentó la noche anterior aún no había desaparecido por la mañana. Por el contrario, parecía haberse extendido por todo el cuerpo. Cada articulación protestaba ante el más mínimo movimiento, y los músculos parecían decididos a impedir cualquier gesto que no fuera quedarse sentada sin moverse.

Se había disculpado más de una vez con su acompañante por el aparente desapego mostrado. Y es que no había sido capaz de seguir ni la más simple de las conversaciones. Así que el pobre señor Dalforth la había llevado de vuelta a Falstone House apenas veinte minutos después del comienzo del paseo, expresándole amablemente su deseo de que se le pasara la jaqueca y afirmando que quizá si descansara un rato se sentiría algo mejor.

Pero no hubo descanso. Atenea se había dirigido a su habitación, segura de que lo que necesitaba era una siesta. Pero los huesos, los músculos y la cabeza protestaban de cada postura que ensayaba. El malestar y el dolor general de cuerpo que experimentaba impedían por completo que conciliara el sueño.

Apenas habló con su doncella personal cuando la estaba ayudando a vestirse para la noche. Iban a cenar en familia y después acudirían al baile de los Hartley. La nueva duquesa iba a hacer su presentación en sociedad como anfitriona y no podían faltar al evento. Había corrido el rumor de que la decoración era una mezcla perfecta de lujo y buen gusto y de que la comida iba a ser exquisita y los músicos magníficos. Así pues, iba a estar presente la *crème de la crème* de la sociedad, e incluso algunos miembros de la nobleza que ya se habían retirado a sus haciendas veraniegas habían regresado a la ciudad solo para asistir.

Atenea llevaba años soñando con un acontecimiento como ese. Iba a ser un baile como los de los cuentos de hadas. Y, en medio de tanto glamur, se imaginaba a sí misma encontrando por fin al caballero que estaba buscando con tanto ahínco y desde hacía tanto tiempo. Lo vería cerca de la pista de baile y sería incapaz de apartar los ojos de ella. Seguramente cruzarían la mirada y se daría cuenta del brillo de sus ojos, que también se produciría en los de ella. Como si entre ellos operara una fuerza de atracción invisible, se juntarían, se presentarían, y él le pediría con una varonil inclinación que le concediera el próximo baile. Y, a partir de ese momento, se desplegaría ante ellos una maravillosa vida de esplendor.

Lo lógico era que estuviera casi en éxtasis, y sin embargo temía mucho lo que la velada pudiera traer consigo. No se encontraba con ánimos de bailar. La sola idea de estar en un salón abarrotado, con cientos de conversaciones alrededor, cada una a cual más estridente para hacerse oír, literalmente golpeándole los oídos y el cerebro, procurando hacer reaccionar su cuerpo cansado y dolorido y mantenerlo activo durante horas, cuando lo que de verdad necesitaba era acostarse, incluso aunque una vez en la cama no pudiera conciliar el sueño...

Atenea avanzó despacio hacia la sala de estar, recordándose a sí misma la crucial importancia que tendría su presentación en sociedad. Adam despreciaba las relaciones sociales, pero Perséfone se las había arreglado para convencerlo de que le ofreciera a Atenea esta oportunidad para conseguir un enlace interesante. Así que tenía que aprovechar cada minuto de la temporada.

«Veo difícil que en la alta sociedad londinense haya un hombre tan desesperado como para transigir con semejante gesto. No todas las damas sin atractivo van a tener la suerte que su hermana sí que tuvo». Las palabras de *sir* Hubert no paraban de resonar en su memoria. Se las había aprendido letra a letra. No quería pasar el resto de su vida siendo la tía solterona de la familia del duque de Kielder. Quería una familia propia. Quería amar y ser amada. Pero hasta ahora no había tenido suerte, y esa sensación de urgencia que ahora la inundaba fue la que hizo que levantara los hombros con decisión y alejara otras cuestiones de su cabeza al entrar en el salón. Superaría todas las incomodidades de la velada.

Atenea se quedó parada en el umbral. Adam lucía la espada de gala, cosa que solo hacía cuando acudía a un evento importante. Y Perséfone tenía esa sonrisa que indicaba que su marido la iba a acompañar a una velada.

¿Acaso no había dicho el propio Adam esa misma mañana que «preferiría que le perforasen todos los dedos de la mano con una aguja al rojo vivo» a acudir a un evento que iba a estar «lleno de imbéciles con cerebro de pulga y el alma agusanada»? ¿Por qué había cambiado de opinión?

—Hola, Atenea —saludó Adam—. Creo que ya estamos todos. Vamos al comedor.

Inmediatamente se anunció la cena. Los criados de la casa estaban increíblemente bien entrenados. Perséfone y Adam salieron de la habitación del brazo y Harry se adelantó para ofrecerle el suyo. El aroma que desprendía, que ya se había convertido en muy familiar, la reconfortó inmediatamente, y sintió una extrañísima urgencia de apoyar la cabeza sobre su hombro para que se convirtiera una vez más en fuente de consuelo para ella. Ya la había ayudado a elevar la moral en más de una ocasión. Atenea alejó de sí el extemporáneo impulso y empezó a andar en silencio hacia el comedor.

—¿Te encuentras bien, Atenea? —preguntó Harry en voz baja.

La joven asintió con entusiasmo.

—Te noto un poco pálida —insistió Harry—. Y recuerdo que ayer por la noche no estabas del todo bien.

—Solo estaba cansada —le recordó Atenea.

—¿Y esta noche también estás «solo» cansada? —Parecía dudar de lo que le decía.

—Eso creo —respondió Atenea. Lo miró por un momento, dándose cuenta de que tenía los ojos clavados en ella, como si la escrutara para hallar la razón de su palidez.

—¿Estás segura de que no te encuentras mal? —insistió.

—Te puedo asegurar que nunca me pongo enferma —concluyó Atenea. En una familia en la que siempre faltaba el dinero, ponerse enferma era un lujo que nadie se podía permitir. Dafne había desarrollado la capacidad de elaborar una gran cantidad de remedios caseros para aliviar los síntomas de enfermedades menores. Sabía cuáles eran las hierbas que aliviaban en cada caso, y en la mayoría de las ocasiones se ahorraban los gastos de la farmacia. Y, en cualquier caso, ni el dolor de cabeza ni el cansancio eran tan significativos como para llamar la atención o preocuparse.

Pero Harry no pareció satisfecho. De hecho, se pasó la cena, en la que Atenea apenas intervino, observándola detenidamente con el ceño algo fruncido, como si estuviera preocupado. También se mostró muy atento durante el breve recorrido hasta la residencia londinense de los Hartley. Atenea se dio cuenta de que le gustaba bastante que se preocupara así por ella. Su padre apenas prestó atención a su existencia.

—Adam, si *sir* Hubert está presente esta noche —empezó Perséfone rompiendo el silencio—, prométeme que no me veré forzada a estar en su presencia. —La tensión en su voz era perceptible y dejaba clara su aversión al individuo y a sus venenosos comentarios. Atenea miró a Adam esperando una reacción positiva.

—*Sir* Hubert no va a estar presente —dijo Adam con tono autoritario.

—Sé que no está en el escalón más alto de la nobleza —observó Perséfone—, pero puede que haya recibido una invitación de todas formas...

A Atenea le dio un vuelco el corazón y sintió un vacío en el estómago. Las náuseas volvieron a hacer su aparición. ¿Y si aparecía? ¿Sería capaz de soportarlo? ¿Cómo? Adam protegería a Perséfone, estaba claro, pero nadie podría hacer lo mismo por ella.

—*Sir* Hubert ya no está en Londres —dijo Adam secamente.

—¿Se ha ido de la ciudad? —Atenea expresó una enorme sorpresa, tanta que ni siquiera se dio cuenta de que lo había hecho en voz alta. No tenía la costumbre de hablar con Adam de forma tan directa, se sentía demasiado intimidada—. ¿Por qué se habrá marchado?

—Pues lo cierto es que no... ha dado explicaciones —dijo Harry. Atenea pudo ver de refilón una mirada rápida entre Adam y el propio Harry, así como una mueca compartida, que indicaba que a ambos les divertía la situación—. Al parecer, y por lo que dicen, tenía muchísima prisa.

—¿Lo has echado de Londres? —preguntó Perséfone con cierto recelo.

—Se vio obligado a marcharse —contestó Adam. El carruaje estaba demasiado oscuro como para que Atenea pudiera interpretar con claridad la expresión de Adam. En cualquier caso, su tono fue displicente, como si el asunto no fuera importante.

—¡Oh, Adam! —Sin más preámbulos, Perséfone se lanzó literalmente al cuello de Adam para abrazarlo.

Atenea no pudo apartar los ojos, paralizada por el asombro, aunque casi inmediatamente se le dibujó una sonrisa en la boca. Era exactamente el tipo de escena que aparecía en sus mejores sueños, con la diferencia de que la novia perdidamente enamorada era ella, pero Adam no era precisamente el novio de sus sueños. ¡Viajar en un carruaje abrazada a su marido! ¡Maravilloso!

—Va a dejar el vestido hecho una pena... —dijo Harry jocosamente, aunque en voz muy baja.

Atenea cerró los ojos. Se sentía muy cansada. Finalmente, había empezado a acostumbrarse a estar despierta y activa hasta altas horas de la madrugada debido a la intensa actividad social; además, nunca estaba cansada «antes» de que empezara una velada. Se frotó las sienes para intentar aliviar el dolor de cabeza. Mantuvo los ojos cerrados, pero sentía todos y cada uno de los movimientos del carruaje.

—Atenea... —La voz de Harry sonó incluso más tenue que antes—. No tienes buen aspecto.

Atenea rio mínimamente. Abrió los ojos e intentó sonreír.

—No es lo mejor que se le podría decir a una dama de camino al baile más importante de la temporada.

Harry le devolvió la sonrisa y Atenea se sintió algo mejor, aunque solo fuera un poco. Se sentía dolorida, e incluso pensó que podría estar incubando un enfriamiento. Pero la sonrisa de Harry era cálida y reconfortante. Como siempre. Se sentía enormemente agradecida por su amistad. Solo él fue capaz de intuir sus temores en la boda de Perséfone. La buscó durante sus estancias en Falstone Castle, comportándose como un verdadero amigo. Y le había procurado atención, consejo y apoyo desde el principio de su temporada de presentación. ¿Qué haría sin Harry?

—Hemos llegado —dijo Harry al cabo de unos momentos.

Perséfone intentó arreglar los desperfectos menores que la entusiasta reacción de agradecimiento había producido en su por otra parte espléndida apariencia. Bajó del carruaje ayudada por Adam y se agarró de su brazo manteniendo la otra mano cariñosamente encima de la de él. Harry asumió la compañía de Atenea.

—Hay muchísima gente —dijo Atenea con un suspiro de resignación al tiempo que recorría con la mirada la entrada de la mansión de lo duques de Hartley. Se podía decir que no cabía ni un alfiler.

—Si, es una verdadera multitud, querida —le susurró Harry al oído. Ya había utilizado antes esa expresión para dirigirse a ella. Atenea sabía que muchos caballeros utilizaban alegre e indiscriminadamente la expresión «querida». Puede que se tratara solo de una costumbre, aunque la verdad es que no se acordaba de que el joven la hubiera utilizado con ninguna que no fuera ella—. Estoy seguro de que el baile en tu honor de la semana que viene tendrá tanto éxito como este. Sobre todo debido a las especulaciones acerca del príncipe y la posibilidad de que atienda la invitación.

Atenea sonrió. Había presenciado la satisfacción en los ojos de Adam cuando ambos esposos hablaron del «dilema de la familia real», según su propia denominación.

Mantenerse de pie cuando todo el cuerpo se encargaba de recordarle su dolorosa existencia era todo un logro digno de aplauso. No obstante, la socialmente correcta ovación de la concurrencia cuando fueron anunciados no consiguió aliviar a Atenea, sino todo lo contrario.

Se dirigió hacia su asiento del brazo de Harry, justo al lado del de Perséfone, tras padecer un baile regional demasiado animado para su pobre cuerpo, y sobre todo para su cabeza. Mientras se acercaban, un caballero vestido rigurosamente de blanco y negro, tal como Brummel había exigido en sus invitaciones, los abordó.

—Buenas noches, señor Windover —saludó a Harry.

—Señor Rigby —saludó a su vez Harry. Ambos caballeros intercambiaron las breves y correctas inclinaciones de cabeza.

—Windover, ¿sería tan amable de presentarme a su encantadora acompañante? —solicitó Rigby.

La sensación expectante habitual esta vez no se hizo presente, sin duda debido al esfuerzo que suponía el simple hecho de permanecer de pie y sonreír con cierto grado de credibilidad. En lugar de preguntarse si estaban a punto de presentarle al hombre de sus sueños, Atenea lo que estaba deseando era que las presentaciones duraran lo menos posible para poder ir a buscar refugio en algún rincón tranquilo de ese salón o adyacentes.

—Señorita Lancaster, permítame que le presente al señor Rigby, de Norfolk. Señor Rigby, le presento a la señorita Lancaster, hermana de su excelencia la duquesa de Kielder.

Atenea hizo la inclinación de rigor y se tambaleó ligeramente. A medida que la noche avanzaba, sus músculos se mostraban más remisos a cooperar. De hecho, Atenea empezaba a sospechar que se estaba poniendo enferma.

—Señorita Lancaster, ¿me concedería el próximo baile libre en su carné, por favor?

—Tenía la intención de descansar durante la próxima pieza —confesó Atenea—. Lo cierto es que en estos momentos estoy bastante fatigada.

El señor Rigby sonrió comprensivamente.

—En ese caso, le ruego que me permita acompañarla. Puedo traerle un vaso de limonada o de champán, si así lo prefiere.

—Yo me acercaré a por las limonadas —se ofreció Harry—. El asiento de la señorita Lancaster está aquí mismo —indicó, señalando una silla cercana—, junto a su hermana y su cuñado.

El señor Rigby palideció al oír la mención al duque de Kielder. Evidentemente, la tremenda mirada de Adam no ayudó demasiado a tranquilizarlo. Con una rigidez que envidiaría cualquier estatua de mármol, el señor Rigby recorrió la media docena de pasos que lo separaban de la silla libre situada junto a la pareja ducal. Adam presentó a Perséfone, aunque con una notable falta de entusiasmo. Cosa rara, la verdad. Ni Harry ni Adam parecían entusiasmados con el señor Rigby, aunque tampoco estaba claro que les cayera mal del todo. Y Atenea estaba demasiado castigada por el dolor, el cansancio y lo que con toda probabilidad iba a ser un ataque de fiebre como para que le preocupara nada de eso.

El señor Rigby hizo bastantes intentos forzados de iniciar una conversación, aunque sus ojos se dirigían a Adam con una alarmante frecuencia, y cada vez que lo hacía, más pálido se ponía. Cuando le preguntó por tercera vez a Atenea si se lo estaba pasando bien durante su primera estancia en Londres, Adam pareció perder la paciencia.

—Si no es capaz de hablar de una forma que se parezca a una conversación, aunque sea remotamente, haga el favor de mantenerse callado para ahorrarnos la agonía de soportar esa cháchara insulsa.

El señor Rigby se aclaró la garganta audiblemente, y aunque Atenea no estaba mirando a su cuñado, no tuvo la menor duda de que había puesto los ojos en blanco. Por una vez, estaba completamente de acuerdo con su irritable hermano político. El señor Rigby estaba enervándola por completo. ¿Por qué todos los caballeros a los que había sido presentada solo eran memorables por sus defectos, a cual más absurdos? Pero, para ser justos, no había pasado eso con todos, sino solo con los que le había presentado Harry. Nuevamente le sorprendió lo extraño de tal situación. Igual cuando se recuperara del malestar que sentía sería capaz de encontrar alguna explicación lógica al hecho. Eso sí, casi descartaba que fuera una coincidencia, pues el número de casos ya empezaba a ser muy alto.

—Ha sido un placer conocerla, señorita Lancaster —dijo el señor Rigby dando fin al elusivo diálogo de manera abrupta. Se inclinó por la cintura, expresó su deseo de que volvieran a encontrarse y, tras una breve y temerosa mirada a Adam, se retiró a toda velocidad.

—Cobarde —musitó Adam para sí.

—Después de los rumores que he oído esta noche acerca de tu encuentro con *sir* Hubert —dijo Perséfone—, hasta me sorprende que el señor Rigby haya tenido la presencia de ánimo de acercarse a nosotros.

—¿Presencia de ánimo? —bufó Adam—. Estupidez, yo diría.

Siguieron conversando en voz audible hasta que el contenido de la conversación comenzó a ser muy personal y solo del interés de la pareja. Atenea agradeció la reducción del volumen, porque así no se vería obligada ni a escuchar ni a participar. Se pasó un dedo enguantado por la frente para intentar evitar que le cayera alguna gota de sudor por la frente, que le ardía. No podía concentrarse en nada que no fuera estar derecha sin tumbarse en el suelo, que en realidad era lo que le apetecía. Ya no tenía la menor duda de que estaba febril.

«¿Dónde está Harry?», se preguntó al tiempo que recorría la sala con los ojos. Sin duda, él se daría cuenta de que estaba enferma y le ahorraría el trabajo de tener que explicarle a Perséfone lo que pasaba. Se sentía incapaz de mantener ni siquiera un atisbo de conversación. Pero Harry lo entendería. Como siempre. Se daba cuenta de lo que sentía y de sus dudas antes que nadie. De hecho, no recordaba a nadie, ni amigo ni familiar, que hubiera sido capaz de entenderla a mayor velocidad que él.

—Tu limonada.

Ni siquiera lo había oído acercarse. De hecho, el ruido de la sala de baile se había convertido para ella en una especie de rumor sordo. Alzó la cabeza y lo miró.

—No... no me encuentro bien —acertó a decir.

Oyó palabras a su alrededor, pero sin entenderlas. Notó que un brazo la agarraba por la cintura y la empujaba a levantarse. Por puro instinto, supo que se trataba de Harry y se sintió reconfortada, pese a lo enferma que se sentía. Él no iba a abandonarla. La había escuchado, había comprendido sus temores y frustraciones desde el mismísimo momento en que se conocieron. Había reído con ella y había estado a su lado cuando se encontraba sola.

Atenea notó olor a caballos, por lo que supo que estaba fuera de la mansión, y que alguien la ayudaba a entrar en el carruaje. Allí seguía Harry, a su lado, por lo que sabía que la cuidaría y se preocuparía por su bienestar. Podía dormirse, aunque eso sí, en un duermevela que no significaba ni descanso ni ensoñación.

Capítulo 13

—¿Cómo está? —preguntó Harry al encontrarse a Perséfone en las escaleras mientras se acercaba al salón de estar de Falstone House.

Desde que la noche anterior la ayudó a subir esos mismos escalones como buenamente pudo, no había dejado de preocuparse por ella. Atenea se había apoyado pesadamente contra él y notó que desprendía mucho calor al subir la fiebre. Tener que irse de allí estando tan enferma le había resultado muy doloroso.

Se repitió a sí mismo que Perséfone cuidaría muy bien a su hermana, pero no podía evitar el deseo de permanecer junto a ella para comprobar por sí mismo cómo evolucionaba. Tuvo que contentarse con rezar constantemente para conseguir el favor de la Providencia. Lo que no pudiera hacer Perséfone, seguramente los Cielos sí que podrían.

—Sigue teniendo fiebre —dijo Perséfone suspirando. Eso no era lo que Harry quería escuchar, ni mucho menos—. De todas formas, el médico asegura que no corre peligro alguno.

—¿Está seguro? —presionó. Una declaración genérica no aliviaba sus temores—. ¿Sabe lo que se hace ese matasanos? No habrás llamado a uno de los imbéciles que le dejaron a Adam la cara como se la dejaron, ¿verdad?

—¿Crees que Adam permitiría su presencia en esta casa, Harry? —Perséfone lo miró como si le diera mucha lástima su escasa inteligencia, aunque con una mínima sonrisa dibujándose en los labios.

—Igual para partir en dos a alguno de ellos —comentó Harry riendo lóbregamente entre dientes—. Aunque creo que no estamos en temporada de caza de cirujanos.

—No. —Esta vez le tocó sonreír a Perséfone—. Ahora se ha abierto la veda de los barones insultantes y ofensivos. —Su humor parecía menos forzado de lo que hubiera esperado Harry, así que pensó que empezaba a recuperarse de las ofensas de *sir* Hubert.

—No vamos a tener suerte. Al que te refieres se ha volatilizado, el muy gusano —Adam se unió a la conversación que mantenían Perséfone y Harry.

Adam parecía molesto de verdad y no paraba de soltar insultos y amenazas. Si la situación de Atenea fuera realmente preocupante, no estaría perdiendo el tiempo con eso: cuando las circunstancias de verdad lo requerían, Adam era muy expeditivo. El hecho de que siguiera hablando del barón era tranquilizador.

—Doy por hecho que esos hierbajos son para Atenea —dijo Adam mirando el ramo de pequeñas violetas. Harry casi se había olvidado de que lo llevaba.

—Pues claro —contestó Harry—. A las damas siempre les alegra que les regalen flores.

—¡Pues súbeselas, estúpido! —ordenó Adam—. Demuéstrale a la chica que no has desaparecido de la faz de la tierra para que deje de preguntar por ti cada cinco minutos. —El tono perentorio de Adam indicaba que lo que decía era más o menos cierto.

—¿Ha preguntado por mí? —Harry esperaba que su interés no fuera percibido por la pareja.

—Pues sí, en sus momentos de lucidez —confirmó Perséfone—. Te confieso que estaba deseando que vinieras, sobre todo para que ayudes a que se tranquilice y pueda descansar.

—¿Entonces puedo subir a verla? —preguntó Harry, aún indeciso.

—Adam y yo estaremos allí, así que no habrá ningún problema de falta de decoro. —Perséfone lo animó con un gesto a que subiera tras ella—. Después de todo, sois como hermanos —añadió hablando por encima del hombro.

Harry le devolvió la sonrisa, pero lo que correspondía era una mueca de desagrado. ¿Como hermanos? ¿Así lo veía también Atenea? Era una idea de lo más deprimente. Cierto que nunca podría cortejarla ni pretenderla, y no digamos casarse con ella. Pero verlo como un hermano... Se llevaba muy bien con Jane, su hermana de verdad, y verlos así sería muy adecuado en ese caso, pero pensar así en relación con Atenea... no, de ninguna manera.

Cuando entró en la habitación de la joven estaba muy nervioso. ¿De verdad había preguntado por él? ¿Por qué? ¿Estaría muy enferma? ¿Tendría fiebre todavía? ¿Estaría en serio fuera de peligro, o el médico se equivocaba?

La habitación estaba llena de ramos de flores. La noticia de su enfermedad debía haberse propagado rápidamente. Harry podía identificar la procedencia de cada ramo sin necesidad de leer las tarjetas. No obstante, las miró todas al pasar.

El enorme y excesivo ramo, demasiado «florido» y evidentemente falto de gusto, seguro que era de Peterbrook. Su intención era impresionar y mostraba muy poca consideración con la enferma.

Y ese pequeñísimo ramo, el más anodino que había visto en su vida, solo podía proceder del señor Handley, o más bien habría que decir de «los» Handley, madre e hijo. Sus buenos modales lo habían empujado a demostrar su interés. Pero su madre le había impuesto que lo que mandara fuera insignificante.

Harry rio entre dientes al pasar al lado de la mínima vasija con unas pocas flores procedentes de árboles de los alrededores. Howard. El hecho de que Adam hubiera rechazado el permiso para que cortejara a Atenea no había evitado que Howard mantuviera la relación de cortesía. Lo cual demostraba más coraje del que podría esperarse. ¡Bien por Howard!

Las rosas amarillas seguramente procedían de sus excelencias el duque y la duquesa de Hartley. La adoración por las rosas amarillas de la duquesa era bien conocida por toda la alta sociedad de Londres.

Harry se detuvo un momento. No fue capaz de identificar la procedencia de un magnífico y precioso ramo que descansaba en una mesa cercana al lecho de Atenea. Al acercarse para ver la tarjeta más de cerca pudo distinguir la firma: «G. Rigby».

¿Rigby? Harry había oído que estaba casi sin blanca, y por eso se lo había presentado a Atenea casi a regañadientes la noche anterior. No se veía capaz de abordar la lección acerca de lo inadecuado de fijarse en un hombre que está a la caza y captura de una buena dote. Así que, ¿de dónde había sacado Rigby el dinero para comprar orquídeas, lirios y tulipanes cultivados en un invernadero y vendidos a precio de ropa de Weston?

Harry miró con desesperación el pequeño ramo de violetas que llevaba en la mano. Se lo había comprado a la violetera de la esquina por un penique, como siempre. Eran pequeñas, por supuesto, tanto que casi parecían hierbas, como más o menos había dicho Adam. En comparación con casi todo lo que había en la habitación casi daban pena, pero no tenía dinero para comprar flores caras. Apenas tenía medios para vestir de forma respetable y conseguir dos comidas al día, a veces incluso solo una.

—¿Harry?

A Harry casi le dolió el corazón al oír la tenue voz de Atenea. Se volvió a mirarla. Estaba muy pálida, demasiado, y tenía los ojos todavía un poco desenfocados. Pero al menos sonreía, o casi. Procuró forzar una expresión que no lo traicionara y dejara ver sus sentimientos reales por Atenea y se acercó a la cama.

—Ya ves. Después de todo, Adam no ha acabado con él —dijo Perséfone desde detrás.

La sonrisa de Atenea se amplió mínimamente. A Harry le encantaba su sonrisa, incluso ahora que el esfuerzo era tan evidente, procurando vencer el cansancio y la enfermedad.

—Me ha amenazado en incontables ocasiones —reconoció Harry dirigiéndose a Atenea—, pero... —Se inclinó mínimamente reduciendo de forma exagerada la voz en un fingido susurro, como si estuviera haciéndola partícipe de un gran secreto—, la verdad es que me aprecia tanto que hasta se avergüenza de ello.

—¡Idiota! —Harry oyó el gruñido de Adam. Tal como había dicho antes Perséfone, los dos estaban en la habitación para mantener el decoro.

—Ya ves, hasta se dirige a mí en términos cariñosos —añadió Harry con malévola sonrisa.

—¡Dale a la chica tus patéticos hierbajos de una vez, estúpido! —ordenó Adam. Harry miró hacia atrás. Su amigo estaba sentado en una silla y parecía muy enfadado. Quería creer que el término «patético» era más un reflejo del estado de ánimo del duque que del obsequio en sí. Desde luego que el ramito no era nada del otro mundo, pero no se había podido permitir otra cosa, y tampoco era tan patético.

—¿Me has traído flores, Harry? —preguntó Atenea. El tono no era de sorpresa, lo cual estaba muy bien, ni tampoco de disgusto, y eso era todavía mejor.

—Bueno, en realidad es solo un «patético» ramito de «hierbajos» —especificó Harry riendo entre dientes. Lo levantó para que pudiera verlo, preparándose para su más que seguro desencanto.

Pero en realidad hizo un gesto de confusión.

—Pero si no son hierbajos... —dijo arrugando un poco las cejas—. Son violetas.

—Claro, pero Adam no las ha identificado —explicó—. Y he preferido no sacarlo de su error. Últimamente su vileza no conoce límites... y como no le gusta darse cuenta de que se ha equivocado, prefiero no correr riesgos.

—¿Y eres capaz de aguantar que «el duque terrible» te llame estúpido? —preguntó Atenea en tono burlón, pero con voz débil y cada vez más pálida.

—Pues por eso precisamente —dijo Harry intentado no dejar ver su preocupación por el estado de Atenea. Se recordó a sí mismo que un hermano «adoptivo» no debía mostrar más preocupación que una hermana de verdad o que un cuñado. Tenía que adaptar sus reacciones a las de Adam y Perséfone.

—Me encantan las violetas —dijo despacio y en voz muy baja.

—Eso pensaba —indicó Harry en el mismo tono mientras la miraba, allí en la cama, casi desaparecida entre las sábanas y la almohada sobre la que descansaba la cabeza. Estaba demasiado pálida. Resistió la tentación de acariciarle el pelo y apartárselo de la cara, de tocarle la mejilla, de comprobar por sí mismo si estaba febril o si los médicos habían sido capaces de revertir ese estado.

—Esperaba que vinieras —dijo con un hilo de voz.

—¿Por qué? —preguntó intentando aparentar tranquilidad, aunque le costó no levantarse de la silla.

—El señor Howard me ha mandado flores —contestó, y a Harry le pareció notar un mínimo brillo en los ojos.

Harry sonrió.

—Creo que he identificado su ramo, sí.

Atenea también sonrió.

—Está convencido de que solo pienso en árboles.

—La verdad es que el señor Howard no tiene demasiada imaginación —reconoció Harry, pero sin agresividad. Colocó su pequeño ramo en la mesa auxiliar que había junto a la cama y una vez más tuvo que hacer un gran esfuerzo de voluntad para no tomarle la mano.

—El señor Dalforth me dijo que tuviera cuidado con los caballeros que tú me presentaras —dijo Atenea.

Harry se tensó apreciablemente, sobre todo la mandíbula.

—¿Ah, sí? —acertó a preguntar—. ¿Y por qué crees que lo hizo? —El tono ligero le sonó falso a sí mismo.

—Creo que me tomaba el pelo —respondió Atenea. Abría y cerraba los ojos despacio, como si incluso el esfuerzo de pestañear fuera excesivo para ella—. Muchos de los caballeros que me has presentado han dado resultados funestos.

Harry se quedó callado un momento. ¿Cómo responder a ese comentario sin revelar más de lo que quería que ella supiera? «Sí. De hecho, te he presentado a los tipos más ridículos que conocía. Espero que no te importe que haya saboteado tu temporada de presentación en sociedad». Igual esa explicación no terminaba de gustarle...

—No obstante, todos te han mandado flores —concluyó Harry—. Así que no ha sido tan... funesto.

—Pero ninguno de ellos sabía que me gustaban tanto las violetas —respondió Atenea sonriendo cautelosamente—. Ni siquiera el señor Dalforth.

Harry se contuvo para no mostrar la alegría que sentía. No había visto ningún ramo de Dalforth, y ese pensamiento lo satisfacía muchísimo.

—¿Ni siquiera te ha mandado unas ramas de árbol para competir con Howard? —bromeó. Su moral había mejorado.

Atenea sonrió intensamente esta vez, y Harry hizo lo propio.

—Ni tampoco «hierbajos» —añadió ella. Rio, pero terminó tosiendo. Sin pensarlo, Harry la tomó de la mano y le apretó los dedos mínimamente hasta que cesó la tos—. Supongo que sus rosas bastaron.

Sus intentos constantes de bromear invitaban al optimismo y eran entrañables. Una mujer que era capaz de reír incluso cuando estaba enferma merecía la pena. Pero el momento de euforia solo duró hasta que cayó en la cuenta de lo que había dicho Atenea. Dalforth sí que había mandado flores. Rosas, para ser precisos.

Claro, las rosas amarillas. Así que no eran de los duques de Hartley, como pensó él al principio. Era un ramo impresionante. Tanto Dalforth como Rigby habían entrado en juego. Era culpa de él, en realidad. No tenía que haber traído esas «patéticas» flores que mostraban a las claras lo que la joven podía esperar de él.

Había momentos en los que ser pobre en comparación con las personas con las que convivías era humillante. Pero Harry, desde que era muy joven, había aprendido a tomárselo con sentido del humor, a bromear a costa de ello en lugar de avergonzarse.

—Supongo que las rosas están bien si no hay más remedio —dijo encogiéndose de hombros y sin dejar de sonreír en ningún momento—, pero el camino más directo hacia el corazón de una mujer son los hierbajos, es lo único que funciona de verdad. —Sacó unas violetas del pequeño ramo que estaba sobre la mesa, separó su mano de la de Atenea, se las dio y le apretó mínimamente los dedos para que las rodeara con ellos.

—A mí me gustan las violetas —dijo la joven llevándoselas a la nariz y cerrando los ojos mientras aspiraba el aroma. Harry escuchó un levísimo suspiro de insatisfacción—. No puedo oler nada —musitó con una risa irónica ahogada.

Harry se acercó a ella hasta poder susurrarle en el oído.

—Huelen como la primavera en mitad del invierno, y como la esperanza cuando la vida se vuelve contra ti.

Atenea abrió los ojos y lo miró. Harry no había visto en su vida a nadie con los ojos de un verde tan brillante como el suyo. Incluso estando enferma, el color era deslumbrante.

—Me da la impresión de que a ti también te gustan las violetas, Harry —susurró.

—Adoro las violetas —confirmó sin apartar sus ojos de los de ella. Se le encogió el pecho y el corazón empezó a latirle con un poco más de fuerza. Nunca había estado tan cerca de ella. Ni siquiera cuando la llevó en brazos por la escalera la noche anterior. El más mínimo movimiento de cualquiera de los dos sería capaz de eliminar la escasísima distancia que los separaba. Y, tal como estaban, para unir los labios bastaba eso, un movimiento.

No era un pensamiento fraternal, ni mucho menos.

Harry, haciendo un gran esfuerzo, se retiró poco a poco. Se inclinó hacia atrás en la silla, estableciendo la mayor distancia posible estando sentado. Tenía que irse, era necesario. Pero hacerlo con miedo sería condenarse a demasiado sufrimiento.

—Las violetas son preciosas. —Atenea pronunció las cuatro palabras muy despacio, tanto que casi parecieron cuatro frases separadas. Empezó a cerrar los párpados muy poco a poco, pesadamente, lo que indicaba que ya estaba dormida.

Estaba jugando un juego peligroso y era consciente de ello. Respiró hondo, liberando la tensión. Cada vez tenía que hacer más esfuerzos para mantener en secreto sus sentimientos por Atenea. No ganaría nada dejándose llevar, todo lo contrario, perdería muchísimo si lo hacía. Adam y él eran como hermanos desde la infancia, y la pérdida de ese vínculo, o su degradación, por mínima que fuera, sería muy dolorosa. Había llegado a apreciar enormemente a Perséfone, sobre todo por lo mucho y bien que cuidaba a su hermana. Pero la incomodidad y el desasosiego que crearía de forma inevitable ese amor no correspondido e imposible terminarían siendo insufribles.

—Dejémosla descansar.

Harry dio un respingo al oír la voz de Perséfone. Casi se había olvidado de que había compañía.

Asintió y se levantó del asiento, echando una última mirada a Atenea. Todavía estaba demasiado pálida, pero parecía descansar a gusto. Se iba a recuperar, estaba seguro de ello.

—Me encargaré de que pongan los... las violetas en agua —dijo Perséfone con una media sonrisa cuando llegaron al umbral.

—En cualquier caso, se marchitarán —observó Harry.

—Pareces estar muy seguro de eso —dijo Perséfone alzando una ceja.

—En los últimos tiempos he tenido mucha experiencia con las violetas —dijo Harry encogiéndose de hombros. Improvisó algo parecido a una sonrisa y levantó la vista hacia Perséfone.

Su mirada era enormemente especulativa, como si estuviera intentando resolver un rompecabezas muy complicado y alguien se hubiera llevado una pieza clave que se lo impidiera.

Harry nunca se había ido tan apresuradamente de Falstone House como lo hizo en ese momento.

Capítulo 14

—Puesto que va a ser tu baile, serás tú la que lo abra.

Atenea asintió. Conocía algo el protocolo y las costumbres, y sabía también que la duquesa viuda, la madre de Adam, no solo intentaba ayudar, sino que era también, y con diferencia, la persona conocida de Atenea que estaba más al tanto en materia de comportamiento social. Faltaban solo dos días para el baile de presentación de Atenea y Falstone House era un auténtico hervidero de actividad. La madre de Adam había llegado la noche anterior. Atenea tenía los nervios de punta. El baile que llevaba tanto tiempo esperando, y con tanta ansiedad, conforme pasaban los minutos se le hacía cada vez más cuesta arriba.

Había sufrido una poco habitual fiebre durante tres días y todavía no había recuperado del todo las fuerzas ni la energía. Durante la enfermedad y el proceso de recuperación se había mantenido en la zona más tranquila de Falstone House sin recibir visitas, aunque sí muchas flores. El señor Rigby, a quien recordaba vagamente del baile de los duques de Hartley, había enviado varios centros, a cual más espléndido, acompañados de notas muy elocuentes en las que le transmitía sus mejores deseos de recuperación. Debería sentirse muy halagada, pero lo cierto es que le dominaba la indiferencia. Igual era solo porque estaba cansada.

—¿El primer baile tiene que ser obligatoriamente un minué? —preguntó Atenea. Nunca le había gustado ese baile, pues le hacía sentirse torpe y ridícula. Era muy estático, y a ella le resultaban más gratificantes los movimientos más gráciles y elegantes, no tan estudiados. Sabía que le iban más los bailes populares, en los que la inseguridad se enmascaraba fácilmente con un poco de entusiasmo—. Igual iría mejor otra cosa.

La duquesa viuda la miró especulativamente. La verdad es que intimidaba, no de la misma forma que Adam, por supuesto, pero en cualquier caso lo hacía. Era equilibrada, segura de sí misma, refinada... Además, se trataba de una mujer muy bella y que seguía la moda. Y, al igual que le pasaba con su hijo, la agudeza de su mirada ponía inmediatamente en guardia a Atenea, pues parecía que cada aspecto de su carácter estuviera siendo sometido a su evaluación. Pese a todo, Atenea se daba cuenta de que la duquesa era una dama muy bondadosa.

—A Adam le gusta mucho el minué —informó la duquesa—. Y dado que es tu guardián y patrocinador, será quien baile contigo la primera pieza.

Atenea había visto a Adam bailar el minué. En las escasas ocasiones en las que había acudido a algún baile con Perséfone, ese era el tipo de pieza que había escogido. Adam lo bailaba muy bien, e igual le pasaba a Perséfone. Los dos lo hacían con facilidad y gracia naturales, cualidades difícilmente atribuibles inicialmente al terrorífico duque de Kielder. Atenea no tenía tanta suerte como él respecto a ese baile.

—La verdad es que el minué le va muy bien —reconoció Atenea.

—¿Acaso a ti no?

Atenea negó con la cabeza sin hablar. No quería verbalizar su falta de capacidad.

—Veamos cómo lo bailas —dijo la duquesa viuda sin dejar lugar a objeción alguna. Se puso de pie inmediatamente y echó a andar.

Atenea miró a Perséfone nerviosa. ¿Tendría que ejecutar un baile tan complicado en ese mismo momento? ¿Y con todos mirando? ¿Y si lo hacía mal? ¿Y sin siquiera una pareja?

—Atenea, dile a Adam que se una a nosotras en el salón de baile —dijo la duquesa mientras avanzaban por el vestíbulo—. Creo que está en la biblioteca.

—¿A Adam? —repitió Atenea, sintiendo el temblor de su propia voz. No iba a ser un mensaje que al duque le fuera a gustar recibir.

—Si vas a abrir el baile con él, creo que el que practiquéis juntos puede ser de gran ayuda, ¿no te parece?

Obviamente, se trataba de una pregunta retórica.

Atenea volvió a mirar a Perséfone sin saber muy bien qué hacer. Desobedecer a la duquesa era algo impensable. Pero hacer saber al duque que se le esperaba en el salón de baile para un ensayo era comparable a poner el cuello, concretamente el suyo, debajo de la guillotina.

Perséfone asintió y le dedicó lo que pretendía ser una sonrisa tranquilizadora que ni con mucho cumplió su objetivo.

Resignándose a una muerte temprana, Atenea se dirigió a la biblioteca de Adam. Sabía a nivel intelectual que no tenía nada que temer, al menos físicamente, de su cuñado, pero de todas maneras se sentía nerviosa. A veces decía cosas de las que una no se podía recuperar con facilidad. Y además disponía de una ceja que, cuando la levantaba aunque fuera lo mínimo, parecía que toda su vida estaba siendo evaluada y que la muerte pendía sobre ella una de forma inminente.

Venciendo las tremendas ganas de darse la vuelta y esconderse en su habitación, Atenea respiró hondo al llegar a la puerta de la biblioteca. Podía oír la voz queda de Adam, aunque sin distinguir lo que estaba diciendo. ¿Con quién hablaba? ¿Estaría trabajando, analizando los negocios de la hacienda? Igual estaba reunido con otro miembro de la Cámara de los Lores. Atenea decidió de inmediato que no era momento de interrumpir a su excelencia y no hizo caso del inmenso alivio que le produjo dicha conclusión.

Pero en ese momento distinguió una segunda voz que no solo cambió su evaluación de la situación, sino que la tranquilizó mucho: Adam estaba hablando con Harry.

Atenea entró en la habitación sin hacer ruido y los dos amigos volvieron la cara hacia ella. Atenea quiso fijar los ojos en Adam para intentar adivinar su reacción, pero no pudo separarlos de Harry. Sonreía, lo cual acabó por completo con su preocupación. Le devolvió la sonrisa.

Harry se llevó el dedo índice a los labios. Era evidente que le estaba pidiendo que no hablara, pero no entendía el porqué. Después agitó la mano y sintió una enorme curiosidad.

Se acercó a la chimenea, cerca de la cual estaba sentado Harry en un sillón de orejas, mientras que Adam ocupaba un sofá mirando en dirección opuesta a la de ella. La temperatura subía mientras avanzaba, cosa que agradeció. Octubre se había tornado frío en los últimos días, y la reciente enfermedad parecía haberla dejado más sensible a las corrientes de aire.

—Adam acaba de recibir una prueba irrefutable de que es mortalmente aburrido —dijo Harry en voz baja. Los ojos le brillaban, como siempre que su humor era burlón y traviesamente malévolo. Señaló en dirección a Adam y Atenea miró con mucha curiosidad.

De ninguna manera podría haberse imaginado lo que estaba viendo: Adam, sentado en el sofá con aire casi desafiante y, a su lado, Dafne, profundamente dormida con la cabeza apoyada sobre el brazo de Adam.

—Tenía que pasar, viejo amigo —prosiguió Harry—. La pobre niña ha tenido que soportar tu compañía días tras día durante semanas interminables. Es un milagro que no haya muerto de aburrimiento hace bastante tiempo.

—Cierra el pico, Harry —espetó Adam.

Harry rio, pero sin hacer ruido para no despertar a Dafne. Atenea no dejaba de asombrarse ante la inesperada escena que estaba contemplando. Dafne parecía estar muy a gusto, y ese estado no podía atribuirse por sí solo al hecho de que estuviera dormida. La niña tenía que haber adoptado su posición actual cuando todavía estaba despierta y, lo que era aún más sorprendente, Adam tenía que haber contribuido a ese bienestar.

—¿Viene aquí a menudo? —preguntó, intentando poner en contexto la escena.

—La señorita Dafne, cada tarde, pasa una hora con su cuñado y, como he podido comprobar para mi desgracia, se aferra a ello casi con fiereza —respondió Harry—. Al parecer, son muy buenos amigos.

—Harry... —El tono de Adam era claramente de advertencia.

—¿Todas las tardes? —Y el de Atenea de absoluta conmoción. Dejó de mirar a su hermana y se volvió hacia Harry.

Harry asintió, cada vez más sonriente.

—Aunque, hasta donde yo sé, es la primera vez que Dafne se sume en la inconsciencia.

Atenea miró a Dafne una vez más. Su pelo oscuro, como el de Perséfone, se extendía en mechones alrededor de la cabeza. Se apoyaba con fuerza sobre Adam, así que debía de estar profundamente dormida. Atenea no podía concebir el hecho de que alguien pudiera estar tan a gusto en compañía de Adam. De haberse encontrado ella misma sentada junto al duque, estaba segura de que le habría resultado imposible relajarse lo suficiente como para respirar con normalidad, así que no digamos dormir con semejante paz y profundidad.

—¿Has venido tú también a echar una siestecita, Atenea? Te puedo asegurar que, te hable Adam de lo que te hable, a los pocos momentos caerás redonda, como tu hermana.

—Te has pasado de la raya, Harry —espetó Adam—. Una vez más.

—Deja que me quede solo un minuto más, por favor. De verdad que me muero por saber lo que Atenea haya venido a decir.

—La muerte es una posibilidad real y no estaría fuera de lugar en absoluto —indicó Adam masticando las palabras.

Atenea miró nerviosamente a Harry.

—¿Habla en serio? —preguntó Atenea en un alarmado susurro.

—Adam siempre habla en serio —respondió Harry sin perder la sonrisa—. Así que será mejor que entregues tu mensaje y te vayas lo más deprisa que puedas, antes de que cumpla de una vez su repetida amenaza.

La verdad es que no resultaba una perspectiva muy alentadora, pero Adam la miraba ahora con gesto impaciente y expectante, y Atenea sabía muy bien que había que obedecer al duque de Kielder, incluso aunque la orden no se expresara con palabras.

—Tu madre me ha enviado a pedirte que vayas a verla al salón de baile —dijo Atenea a toda velocidad, en su ansia por transmitir el mensaje lo más rápidamente posible y salir corriendo, tal como había sugerido Harry.

—¿Al salón de «baile»? —Adam por poco se atragantó con la palabra—. ¿Y por qué quiere verme precisamente en esa condenada habitación, habiendo tantas?

—Pues para... —Atenea se aclaró la garganta—. Para bailar un minué.

—¿Que quiere que baile un minué...? —La voz de Adam retumbó como un trueno lejano, aunque no se movió ni un centímetro.

Atenea retrocedió un paso al tiempo que asentía.

—Adam —interrumpió Harry, apareciendo de repente junto a Atenea—, no tiene sentido matar al mensajero. Lo del minué no ha podido ser una ocurrencia de Atenea porque a ella ese baile no le gusta en absoluto.

Atenea miró a Harry sorprendida. Estaba segura de que no le había dicho que no le gustaba el minué. ¿Cómo podía saberlo, entonces?

—Pero si no le gusta el minué, ¿por qué demonios...?

—Adam... —le cortó Harry.

Dafne se removió un poco entre sueños, seguramente sobresaltada por las voces.

—¿Qué pasa, que tengo que bailarlo con ella mañana? —continuó Adam en voz más baja—. No será porque me apetezca...

—Tu madre piensa que sería muy apropiado —explicó Atenea.

Adam murmuró entre dientes una retahíla de quejas y amenazas de las que Atenea solo entendió las palabras «madre» y «tortura».

—Pues dile que no —dijo sencillamente Adam, y agarró un libro de la mesa auxiliar que estaba junto al sofá.

—Pero no puedo ensayar el minué sin una pareja —protestó débilmente Atenea con voz apenas audible. Preferiría no bailar ese tipo de baile, pero imaginaba que la duquesa viuda no permitiría dar marcha atrás.

—Adam, ¿es que no puedes intentar disimular que colaboras ni siquiera en un simple y único baile? —preguntó Harry con tono de reproche.

Adam le lanzó una mirada fulminante a su amigo. El tono que utilizó a continuación fue tan autoritario como siempre, pero Atenea creyó notar que también tenía algo de reticente, como si no estuviera demasiado contento con la explicación que iba a dar.

—Si me muevo, Dafne se va a despertar. No se sentía bien y no la voy a privar del descanso estando enferma.

Adam los miró con aire retador, desafiándolos a que discutieran con él. Pero al parecer no se dio cuenta de que sus palabras habían resultado demasiado sorprendentes como para discutirlas. Hasta ese momento, Atenea no habría podido imaginar que su irascible cuñado albergara sentimientos de ternura hacia alguien que no fuera Perséfone, y eso asumiendo que de verdad los tuviera. Ese hombre era un enigma.

—Pobrecilla —dijo Harry—. No me había dado cuenta de que estaba enferma.

—Ha decidido no quejarse nunca de nada —replicó Adam con cierto tono de frustración—. Debería tener más consideración por sí misma.

—Muy bien, de acuerdo, entonces —dijo Harry—. Dejemos a la señorita Dafne en tus sorprendentemente capaces y solícitas manos. Yo acompañaré al salón de baile a Atenea.

—Y cuando termines allí, vete con viento fresco —ordenó Adam, fijando los ojos en el libro que acababa de agarrar.

—Puede que después de la cena lo haga, sí.

Adam puso los ojos en blanco, pero no discutió.

—Bueno, pues entonces vayamos al encuentro del dragón en la sala de baile —dijo Harry ofreciéndole el brazo a Atenea, que lo aceptó.

—¿Acabas de llamar dragón a mi madre? —preguntó Adam cuando salían.

Harry rio por toda respuesta.

Mientras recorrían el pasillo camino de las escaleras, Atenea soltó un gran suspiro de alivio. Adam la ponía muy nerviosa. Y tras el inesperado descubrimiento de que no ejercía ese efecto con Dafne, sino todo lo contrario, se sentía muy desconcertada con su cuñado.

—¿De verdad pasan todo ese tiempo juntos? —preguntó Atenea, sabiendo instintivamente que Harry iba a entender con precisión lo que había preguntado.

—Desde luego que sí —respondió—. Reservan todas las tardes una hora solamente para ellos dos. Dafne estuvo a punto de arrancarme la piel a tiras una vez que los interrumpí.

—Pues me resulta muy difícil casar eso con el carácter de Adam, o al menos con el que me muestra a mí —reconoció Atenea.

—Pues es paradójico, querida —dijo Harry dándole unos golpecitos a Atenea en el brazo—. Mira, a mí lo que me parece sorprendente es la participación de Dafne, pero no la de Adam.

—¿Por qué no la de Adam? —preguntó Atenea mirándolo a los ojos sorprendida. Tenía una forma tan cálida de mirarla que hacía que se sintiera contenta. Era capaz de provocarle una sonrisa independientemente de lo infeliz o trastornada que se sintiera.

—Aunque no deja que muchas personas lo vean ni lo sepan, lo cierto es que Adam tiene muy buen corazón. A veces es duro y ácido y defiende a los suyos con fiereza, pero en lo profundo de su ser es tierno y bienintencionado. Y creo que en Dafne ve algo de sí mismo. Porque los dos son tímidos.

—¿Adam tímido? —Atenea no pensaba que su cuñado tuviera ni un solo gramo de timidez en todo el cuerpo.

—Hazme caso —insistió Harry—. Adam prefiere la tranquilidad y la soledad, no le gusta nada interactuar con los que no forman parte de su grupo más íntimo de conocidos. Y siempre lo ha enmascarado asustando a todo aquel que osa acercársele.

Habían llegado al salón de baile. Como siempre ocurría, Harry se las había arreglado para que Atenea se olvidara de sus preocupaciones el tiempo suficiente como para permitirle enfrentarse a las crisis sin titubeos. ¿Qué haría sin Harry?

—¿Dónde está Adam? —La voz de la duquesa viuda retumbó en el salón antes de que entraran siquiera en él.

—Atendiendo un asunto de negocios repentino y bastante urgente —respondió Harry al tiempo que apretaba la mano de Atenea como si supiera que encontraba a la duquesa tan intimidante como a su hijo—. Sé que no soy adecuado, pero debo sustituirle.

—¡No digas eso! —replicó rápidamente Atenea, sorprendida al darse cuenta de que, aunque pretendió quitar hierro al comentario con una sonrisa, había cierta sinceridad en su tono. Bajó la voz esperando que la duquesa no pudiera oírla—. Prefiero mil veces bailar contigo que con él.

La sonrisa con la que respondió le pareció en cierto modo descorazonada. No le quitó los ojos de encima cuando se volvió para hablar con la viuda.

—Madre Harriet, he creído oír algo acerca de un minué —preguntó.

—Va a ser la pieza que abra el baile de Atenea, y deseo ver cómo lo baila.

—Lo que pasa es que a Atenea no le gusta bailar en minué, señora.

—Es la elección más adecuada y elegante —replicó la duquesa viuda.

—Pero, al tratarse precisamente de un evento en honor de Atenea, creo que lo más adecuado sería empezar con la pieza que más la haga disfrutar. Si tanto Adam como ella no empiezan bien, me da la impresión de que no sería un comienzo de velada demasiado prometedor —concluyó Harry.

—No había pensado en eso... —indicó la viuda. El tono de duda parecía esperanzador.

Atenea miró alternativamente a la duquesa y a Harry. ¿Podría convencerla de que cambiara de planes? ¿Podría librarse de la terrible experiencia del minué?

—¿Y usted que sugeriría?

—Aunque es cierto que Adam suele seleccionar un minué para bailar con su esposa, supongo que no pondría reparos a una contradanza para cuatro, siempre que Perséfone y yo seamos la otra pareja —propuso Harry, y Atenea no pudo evitar sonreír, porque le gustaba ese baile en concreto, aunque no tanto las contradanzas multitudinarias. Además, que participara Harry sería muy tranquilizador—. He visto a Atenea bailar esa clase de pieza y creo que resultaría más adecuada para ella, siempre que usted esté de acuerdo, por supuesto.

—Yo lo estoy —dijo Perséfone uniéndose a la conversación. Atenea ni se había dado cuenta de que estaba en el salón.

Atenea tenía claro que la opinión de la duquesa viuda era clave. El minué podría ser soportable, pero la idea de que la primera pieza de su baile fuera simplemente soportable la deprimía muchísimo. Atenea llevaba soñando con un baile propio desde que era muy joven. Deseaba que fuera un evento mágico, maravilloso, perfecto. La contradanza constituiría una gran mejora.

—El minué resultaría más apropiado... —dijo la duquesa viuda con tono reflexivo.

Atenea esperaba que se tratara del inicio de una concesión. Apretó un poco más el brazo de Harry esperando la conclusión.

—... pero creo que la contradanza, siendo de cuatro, puede servir —concluyó la madre de Adam—. Perséfone y yo tendremos que reorganizar el orden de los bailes.

—Así lo haremos, desde luego —aseveró Perséfone.

Atenea dejó salir el aire con un intenso suspiro de alivio.

—Que Dios te bendiga, Harry —musitó, apoyándose mínimamente contra su brazo. Acababa de salvar y rescatar una parte de sus sueños. Y ahora, si pudiera encontrar un maravilloso caballero para presentárselo y que cayera rendido a sus pies... Lo que pasa es que los precedentes no eran nada buenos, la verdad.

Capítulo 15

Harry sabía que su tiempo había terminado. Falstone House se había llenado con la flor y nata de la alta sociedad londinense y británica: los ricos, los poderosos, los influyentes, los de mayor abolengo y, para su desgracia, los «adecuados y elegibles». Como en sentido estricto no era miembro de la familia, había observado desde cierta distancia el larguísimo desfile de presentaciones a la llegada de los invitados al baile. Aunque le habría gustado, no pudo poner objeciones a los caballeros que se presentaban ante Atenea.

El señor Rigby se encontraba entre los asistentes. Como leal «evaluador de pretendientes», Harry le había contado a Adam los rumores que había oído respecto a una más que posible e inmediata ruina financiera de Rigby. Adam estaba investigando al respecto, pero no había llegado a ninguna conclusión. Así que, de momento, a Rigby se le permitía permanecer entre la muchedumbre de admiradores que pugnaban entre sí por la atención de Atenea.

Harry hacía lo que podía para sonreír y hacer señas a los invitados, que llegaban en grandes cantidades, resignándose a mantener la máscara de contento y aquiescencia que imponía el evento. Iba a necesitarla durante lo que quedaba de temporada, y no solo eso: tendría que mantenerla también una vez que Atenea hubiera seleccionado a su futuro marido. Quizá debería plantearse una gira por las Indias Orientales, aunque no sabía con certeza cómo podría financiar dicha expedición.

—¿Alguna información acerca de una posible presencia real? —preguntó lord Devereaux en todo confidencial.

Harry sonrió pese a la opresión que sentía en el pecho. Hasta el nuevo vizconde de Devereaux, que acababa de salir recientemente del luto por la muerte de su padre, había acudido al baile de Atenea, y no precisamente con el ánimo de bailar ni por hacerse ver, eso Harry lo sabía bien. Lord Devereaux se estaba ganando el respeto de sus pares en la Cámara de los Lores, pese a su juventud y a su reciente asunción del título, pero no era demasiado activo socialmente. Y a su esposa no se la veía nunca. Al parecer, la misteriosa dama prefería el campo a la absoluta exclusividad de la vida social londinense.

—Pues... la respuesta de palacio ha sido más bien vaga, y eso siendo optimistas —indicó Harry—. De momento desconocemos si el príncipe tiene la intención de honrarnos con su real presencia.

—Y me imagino que también se desconoce si al infame duque le alegrará o no la hipotética presencia de nuestro príncipe.

—Esa es la razón por la que se encuentra usted en medio de esta multitud sin precedentes —dijo Harry intentando moverse por una sala de baile cada vez más abarrotada.

—Bueno, debo añadir que la cuñada de su excelencia tendrá algo que ver con el éxito de asistencia a la velada. —Lord Devereaux dirigió la mirada a la fila de bienvenida, que justo en ese momento se deshacía, por lo que ya podía iniciarse oficialmente el baile—. Parece una joven adorable, de magnífica educación y gran gentileza.

—Lo es, se lo aseguro —indicó Harry rápidamente; después de todo, Devereaux estaba casado.

—Me da la impresión de que no está del todo a gusto con la presencia de tantísima gente —añadió Devereaux.

—Ya se acostumbrará, en cuanto tenga la oportunidad de saber lo que exige la ciudad y cuáles son sus expectativas sociales. —Harry observó la entrada de Atenea en el salón, del brazo de Adam. Era evidente que no estaba cómoda, aunque su sonrisa, sin duda, sería capaz de engañar a los menos observadores.

—Esperemos entonces que al menos lo intente —dijo lord Devereaux, aunque el tono fue de frustración y decepción—. No todas las damas hacen el esfuerzo.

«Una declaración un tanto críptica», pensó Harry, sobre todo por el hecho de ser pronunciada justo en el momento en que lord Devereaux se alejaba. Al parecer, Harry no era el único de la velada cuya historia no terminaba bien.

Con el rabillo del ojo vio cómo Perséfone se ponía en marcha. Había llegado la hora de comenzar al baile, y como la contradanza a cuatro había sido aceptada por todas las partes interesadas, era momento de acudir a la llamada del deber.

Harry tenía que reconocer que Adam estaba haciendo el papel que se esperaba de él, pero desde luego nadie podría acusarlo de estar pasándoselo bien, eso tampoco. «¡Pobre Atenea!», pensó Harry. Era muy sensible, y sin duda estaría pensando que la actitud de disgusto de Adam tenía que ser culpa de ella. Justo en ese momento lo miró, y Harry respondió con una sonrisa tranquilizadora.

—No parece que la chica esté mucho más feliz que yo con todo este montaje —susurró Adam entre dientes.

Harry sonrió.

—Está nerviosa, Adam, eso es todo —aclaró, también *sottovoce*—. Procura no parecer tan tremendamente irritado cuando Dafne haga su presentación en sociedad.

Adam lanzó su habitual mirada asesina a Harry, pero inmediatamente recuperó la expresión de enfado.

—Pienso meter a Dafne en un convento —declaró de forma casi inaudible.

—No es católica —indicó Harry.

—Me da igual.

Empezó a sonar la música, y por lo tanto el baile, así que la divertida conversación hubo de darse por terminada. Harry ya tenía muy claro que Adam le había tomado aprecio a la joven Dafne. El hecho de que pensar en buscarle un marido le causara pánico le había hecho pasar de la sospecha a la certeza absoluta.

—Sonríe, querida —susurró Harry al oído de Atenea cuando se cruzaron mientras bailaban—. Estás preciosa, y lo estás haciendo muy, muy bien.

Ella le devolvió la sonrisa, a medio camino entre la gratitud por los ánimos y los nervios. Harry tuvo que hacer un gran esfuerzo para seguir con sus propios pasos de la pieza y no ir a abrazar a Atenea para terminar de tranquilizarla. Sabía que su padre no se había implicado en la vida de los hijos y que Adam la intimidaba, incluso la asustaba. Atenea necesitaba ánimos, pero apenas había gente a su alrededor que pudiera dárselos. El hecho de que, en tales circunstancias, aún tuviera tanto optimismo y esperanza era señal de la fuerza de su carácter.

—¿Crees que mi hermana va a sobrevivir? —le preguntó Perséfone cuando se cruzaron.

—Naturalmente —respondió. Con un marido amable y considerado, Atenea sería feliz. Era un pensamiento deprimente para él. ¡Lo que daría por tener la suerte de ser ese caballero!

—¿Y tú, vas a sobrevivir?

Harry no estaba seguro de haber entendido bien la pregunta, hecha en un susurro. Perséfone estaba un poco más alejada que antes y no podía estar del todo seguro. Antes de estar otra vez lo bastante cerca como para pedirle que repitiera el sorprendente comentario, se produjo una tremenda distracción, en forma de llegada de su alteza real el príncipe de Gales.

Adam murmuró una obscenidad lo suficientemente vulgar como para que Harry no pudiera contener la risa. Después de todo, los invitados iban a tener su ración de espectáculo, no cabía la menor duda.

A la llegada del príncipe y su séquito, apreciablemente reducido, sin duda debido a lo incierto de la reacción de Adam ante la presencia de su alteza real, la música, y por consiguiente el baile, se detuvo de una forma repentina y en cierto modo también extraña. Los invitados se quedaron quietos mirando alternativamente a Adam y al príncipe, a la espera de acontecimientos.

Adam, que no parecía intimidado en absoluto, le ofreció el brazo a Perséfone, que lo recogió de inmediato, y permaneció en el lugar en el que estaba, esperando a que el príncipe se acercara a él. A Harry le daba la risa al pensar que existía la posibilidad de que le llamara la atención por haber interrumpido la pieza inaugural del baile. Aún había tiempo...

—¿Es buena o mala señal? —preguntó Atenea en voz tan baja que Harry casi no la oyó, pese a que estaba de pie a su lado, o más bien haciendo una reverencia.

—Eso depende sobre todo del príncipe —contestó.

El aludido se detuvo exactamente frente a Adam. Cualquiera que no fuera el duque terrible le hubiera dedicado una profunda reverencia, pero Adam se limitó a alzar una ceja. Durante unos instantes, ambos hombres se mantuvieron absolutamente quietos, observándose. El salón se había quedado tan silencioso que

Harry hubiera podido asegurar que hasta se oía la transpiración del príncipe.

Todas las reglas del protocolo, se miraran desde el punto de vista que se miraran, dictaban que Adam debía ser el primero en reconocer la presencia del príncipe. En otras palabras, él debía hacer la primera reverencia a su futuro soberano, pues su rango nobiliario era menor. Pero Adam no se inclinaba con una reverencia ante nadie en absoluto, nunca. En las recepciones reales se limitaba a hacer una casi imperceptible inclinación de cabeza a la reina, gesto que esta debía compartir con su hijo. Pero en realidad, se trataba de una muestra de consideración a la soberana, y en ningún caso a su hijo, cosa que quedaba meridianamente clara cuando madre e hijo no estaban juntos.

—Esto se puede considerar una traición, Harry —susurró Atenea.

—Adam es más respetado que nuestro príncipe —dijo Harry también en un susurro—. Se están disputando la primacía.

Harry sabía bien que el príncipe no era proclive a reconocer la derrota. Su posición de príncipe de Gales, heredero al trono, apenas implicaba influencia alguna en la corte ni en la política, aparte de las deferencias que recibía en las reuniones sociales de la nobleza. Y ahora Adam estaba a punto de arrebatarle incluso eso a su alteza real. No era nada sorprendente que todos le tuvieran un miedo atroz al duque de Kielder.

Todos en el salón habían deshecho sus reverencias e inclinaciones de cabeza, mientras que el príncipe y el duque no habían dejado de mirarse, quietos como estatuas. Si la víctima de Adam hubiera sido alguien que no fuera el príncipe de Gales, Harry habría intervenido. Por el bien de la víctima, claro. El pobre príncipe no iba a recibir su ayuda.

—Kielder. —El príncipe acompañó el saludo con una levísima inclinación de cabeza, saludada con un entrecortado susurro colectivo que resonó en el salón. ¡El príncipe se había inclinado ante el duque, que ni siquiera era un duque de la familia real! ¡Y lo había hecho antes de que el propio duque se inclinara!

Todos los ojos estaban fijos en Adam. ¿Cómo iba a responder? Harry casi podía oír la pregunta dentro de cada cabeza.

—¡Por favor, que no le haga un desplante! —musitó apenas Atenea, con tono desesperado y preocupado. Harry no pudo evitar tomarle la mano para tranquilizarla. La joven no podía apartar los ojos de la escena, como todos en la habitación... excepto Harry, que la miraba a ella.

—¡Oh, Harry! —volvió a susurrar—. ¡Esto va a arruinar mi baile...!

—Ya verás como no —respondió Harry inclinándose un poco más hacia ella, sumergiéndose en el embriagador aroma a violetas y disfrutando de la agradable sensación de estar a su lado—. Te aseguro que Adam controla perfectamente la situación. No va a permitir que nada, y menos un escándalo, estropee tu baile.

«Siempre y cuando no se le ocurra llamar "Georgie" al príncipe una vez más, claro», pensó para sí.

—Su alteza real —saludó Adam, pero acompañó las palabras bajando mínimamente las pestañas. Ni que decir tiene que no se permitió ni una somera inclinación de cabeza. Por otra parte, el tono que empleó no fue en absoluto deferente, sino más bien algo enojado—. Ha interrumpido el baile inicial.

—Mis más sinceras disculpas.

Las reacciones a estas palabras fueron en general de sorpresa; en cualquier caso, dejaron claro que la posición de Adam era en ese momento superior incluso a la de miembros prominentes de la familia real. No era habitual que el príncipe se disculpara por los inconvenientes causados en un evento social, fueran los que fuesen, y la verdad es que solían ser bastantes.

—Dado que no hemos tenido la posibilidad de recibir a su alteza antes del comienzo del baile, quizá debería presentar sus respetos a la joven dama en cuyo honor se celebra este evento. —La petición de Adam no se pareció ni remotamente a una petición, y el príncipe no se la tomó como si tuviera la posibilidad de elegir.

—Por supuesto. —Obedeció de inmediato. La piel de la cara presentaba una extraña mezcla de palidez cadavérica y manchas rojas irregularmente repartidas.

Harry sintió el momento de pánico de Atenea incluso antes de notar cómo le temblaba la mano dentro de la de él. Le apretó los dedos y la acompañó hasta donde se encontraba Adam, como dictaba el protocolo. Aunque, en muchos aspectos, ese comportamiento no le parecía el adecuado. Adam cuidaba de ella porque era la hermana de Perséfone, pero apenas sabía nada de sus dudas y preocupaciones. Tenía que haber sido él mismo, Harry, el que permaneciera a su lado en ese momento, el que hiciera las presentaciones. No obstante, dio un paso atrás y se mezcló con los asistentes, en su papel de «evaluador de pretendientes», cuya utilidad, por otra parte, había sido escasa.

Las presentaciones fueron brevísimas, pues Adam pareció hartarse muy pronto de tanta convención. Con una autoritaria inclinación de cabeza y un breve y enojado gesto con la mano, ordenó a la orquesta que atacara la siguiente pieza y se marchó, dejando al príncipe a su aire, valiéndose por sí mismo. Cualquier otra persona del reino habría sido encarcelada por alta traición; sin embargo, la marcha de Adam lo que provocó fue un gesto de gran alivio en el rostro de su alteza real.

Dicho gesto se comentó durante toda la velada y durante varias más. Por otra parte, el príncipe se marchó muy pronto y de forma muy apresurada. Solo un tema de conversación superó en intensidad lo relacionado con el intercambio entre Adam y su alteza real: el que esta se inclinase ante el duque de Kielder, el que se disculpara, el que Adam lo dejara en medio del salón sin acompañarlo... Y ese segundo tema versó acerca de las atenciones sin precedentes que Atenea recibió del señor George Rigby, caballero que no paró de mandarle carísimos centros de flores durante su cercana enfermedad pero cuyas arcas se decía que estaban casi completamente vacías.

Harry se vio forzado a ceder el baile con Atenea previo a la cena. La duquesa viuda había indicado que para que Atenea se acercara a la cena acompañada de Harry, que en su opinión era como un hermano de la «querida joven», sería lo más lógico que bailara con ella previamente, para evitar habladurías acerca de algún pretendiente «favorecido». La ironía de tal evaluación había herido a Harry mucho más de lo que dejó traslucir. Ni siquiera «mamá Harriet» lo consideraba un aspirante real.

Al final apenas importó. Cuando al señor Rigby se le ocurrió pedir un segundo baile a Atenea sin siquiera haber transcurrido la mitad de la velada, Harry recibió el encargo de cortar las alas al presuntuoso individuo. Pero dado que él ya había bailado con la joven, el protocolo impedía que lo hiciera también en el previo a la cena. Así que tal honor le fue concedido a Charles Dalforth.

Una hora después de los acontecimientos, Harry seguía furioso. Dalforth era un tipo decente, y aun sabiendo que había advertido a Atenea acerca de los caballeros que le estaba presentando, tenía que admitir a su pesar que, en unas circunstancias diferentes, se podría decir que Dalforth y él podrían considerarse amigos.

Pese a que ahora su sola presencia en el baile le molestaba extraordinariamente, Dalforth no era la mayor preocupación de Harry cuando el majestuoso reloj de la entrada de Falstone House dio la una. Estaba mucho más preocupado por la propia

Atenea. Se había comportado de maravilla, y al parecer había estado mucho más tranquila que al principio del baile. Había bailado todas las piezas, había sonreído abierta y sinceramente, incluso hasta se había reído de vez en cuando. Había lidiado aseadamente con el bombardeo de atenciones de un acaparador y descuidado señor Rigby, rechazándolo de forma educada cuando resultaba necesario, recordándole que ya había disfrutado de los bailes a los que tenía derecho y enviándolo a por limonada para quitárselo de encima cuando se sentía agobiada, pese a mostrar una gran dosis de paciencia.

Pero en ese momento Atenea no estaba.

Y el señor Rigby tampoco.

Capítulo 16

—Apártese, señor Rigby —insistió Atenea.

Tras abandonar el salón habilitado al que las damas se retiraban para retocarse, el individuo la había acorralado y conducido a la fuerza a una sala de estar que estaba lo suficientemente lejos del salón de baile como para que nadie los viera. Hasta ese momento, el exceso de atenciones del señor Rigby solo había supuesto cierta molestia, nada del otro mundo. Pero ahora se le empezaba a formar un nudo en el estómago al ver la mirada insensible pero absolutamente decidida del individuo. Se había situado impidiéndole el paso hacia la única salida de la habitación. Atenea sabía que su ausencia se notaría pronto. Después de todo, era su baile, ofrecido en su honor.

—Déjeme volver, por favor. —Nada más pronunciar el ruego, supo que no tendría el más mínimo efecto. Procuró contener la sensación de pánico, decidida a mantener el control.

El señor Rigby negó con la cabeza y se mantuvo donde estaba. Su gesto de concentración parecía indicar que estaba escuchando algo.

Atenea respiró hondo varias veces. Si se desmoronaba, le facilitaría las cosas a su agresor. Lo primero que debía hacer era entender sus intenciones, saber por qué estaba haciendo eso. Pero también sabía que él no iba a contestar a una pregunta directa.

—¿Quiere usted esconderse de alguien en concreto, señor Rigby? —Procuró utilizar un tono de genuina preocupación por él—. De ser así, estoy segura de que a esa persona se la obligaría a abandonar el baile. —Y también al señor Rigby, por supuesto.

Se limitó a negar con la cabeza, aunque una gota de sudor asomó por la parte alta de la frente. No tenía buen color. Atenea pensó que igual se desmayaba, lo que le permitiría huir y dejarlo caído como un guiñapo. La posibilidad era prometedora.

—Si no quiere que lo encuentren...

—¿Que no me encuentren? —la interrumpió, riendo entre dientes pero sin una pizca de humor—. Nos van a encontrar, señorita Lancaster, vaya que sí. Es solo cuestión de tiempo, y no mucho.

—Pero si nos encuentran juntos... —¿Es que no entendía las implicaciones?

Y de repente fue ella la que cayó en la cuenta. Su reputación quedaría comprometida y se vería obligada a casarse con él para salvarla. Sacudió la cabeza, como si así pudiera alejar el aluvión de pensamientos que solo convergían en una inevitable conclusión. Sus atenciones durante el baile no habían disminuido ni siquiera cuando le había dejado claro que no tenía ninguna intención de atenderlas más allá de la pura cortesía. Apenas se conocían. Era evidente que no podía estar enamorado de ella.

Con una claridad meridiana, cayó en la cuenta de las contradicciones en las que incurría su asaltante. El señor Rigby iba muy bien vestido, sí, pero los puños de la levita estaban raídos por el uso. Tanto la camisa como el pañuelo de cuello amarilleaban por los excesivos lavados. Llevaba el pelo algo más largo de lo normal, como si hiciera bastante que no se lo cortaba.

Su interés por ella había surgido de repente, y ahora se daba cuenta de que parecía algo desesperado. La evidencia de la falta de fondos del caballero no dejaba lugar a posibles dudas. Necesitaba dinero a corto plazo, Atenea estaba segura.

—Busca mi dote —suspiró una vez colocadas todas las piezas y resuelto el rompecabezas.

—Veinte mil libras... —confirmó el señor Rigby, negando con la cabeza como si no se lo creyera—. ¿Sabe lo que significan veinte mil libras esterlinas para un hombre al que los acreedores le pisan los talones?

—Lo que quiere es obligarme a casarme con usted. —La tensión bloqueó los miembros de Atenea. Era una pesadilla. ¡Tenía que haber alguna forma de evitar el terrible resultado que se avecinaba! Quizá guardando una distancia suficiente, o si tuviera la inmensa suerte de que fueran Perséfone o Harry los que los encontraran, habría forma de suavizar las consecuencias. Cualquier otra persona difundiría la historia a la velocidad del rayo. Y Adam seguramente los mataría a ambos.

Adam. De repente vislumbró un rayo de esperanza. Adam era la clave.

—Está usted corriendo un enorme riesgo, ¿no le parece? —Trató de mantener un tono relajado, casi despreocupado—. El duque de Kielder no es un caballero al que le gusten los juegos.

—Ni tampoco que quiera quedar como un estúpido —replicó el señor Rigby atravesándola con la mirada—. No va a permitir que la hermana de la duquesa quede marcada socialmente. Se dará cuenta de que la boda es la única salida posible para evitar cualquier amago de escándalo.

Atenea procuró mantener controlada la respiración. El señor Rigby tenía razón en eso. Adam difícilmente iba a permitir que le salpicase un escándalo, ni a él ni a la familia.

—Pero está claro que tampoco va a dejar pasar una conducta indecorosa por su...

—¡Silencio! —ordenó el señor Rigby. Dejó de prestarle atención, entrecerró los ojos y aguzó el oído.

Una vez que se hizo el exigido silencio, Atenea pudo oír lo que probablemente había captado la atención de Rigby: el sonido de pasos y de voces. Se quedó helada, sin saber qué hacer. No deseaba de ninguna manera seguir allí encerrada con el señor Rigby, pero si quien los encontraba era alguna persona inadecuada, las consecuencias serían impensables y horrorosas. Ese momento de distracción resultó ser un desastre.

De repente, Atenea se vio envuelta en un abrazo forzado y tremendamente agresivo del que no pudo escapar ni utilizando todas sus fuerzas. Además, el individuo empezó a besarla agresivamente, haciéndole hasta daño. ¡Tenía que liberarse y escapar como fuera!

Pero no había forma de hacerlo. La sujetaba con demasiada fuerza como para permitirle el más mínimo movimiento. Intentó darle patadas en los tobillos, pero el calzado que llevaba, unas livianas bailarinas, no le permitían hacerle daño.

En medio del pánico, oyó el ruido de la puerta abriéndose. ¡Qué desastre! Ya no había modo de evitar el resultado que Rigby estaba buscando.

—Me temo que nos han encontrado, querida... —dijo el señor Rigby fingiendo un tono cariñoso.

De forma inmediata, Rigby la soltó y Atenea se sintió arropada por otros brazos, más pequeños y mucho más amables que los de su agresor. De inmediato la inundó el muy reconocible perfume de Perséfone, que de repente inundaba el aire de la habitación.

—Esta es una de las razones por las que siempre voy armado, Rigby —tronó la ronca voz de Adam rompiendo el tenso silencio.

Atenea se volvió en dirección a la voz. Rigby estaba apoyado contra la pared, con la punta de la espada de Adam rozándole la garganta.

—¡La espada otra vez no, por favor! —Era la voz de Harry, arrastrando las palabras como si sintiera hastío.

¡Harry! Atenea volvió inmediatamente los ojos hacia él. Se apoyó en Perséfone, notando que el pulso se enlentecía y la tensión comenzaba a disminuir. De momento, estaba a salvo.

—También despachaste así al último sinvergüenza y la cosa tardó bastante en terminar. Debes recordar que tenemos que volver al baile. ¡Eres el anfitrión!

El señor Rigby palideció al escucharlo. Pero había algo demasiado teatral en el tono, como si estuviera representando un papel.

—¿Perséfone? —susurró Atenea. Necesitaba saber qué iba a pasar, y quería estar segura de que el señor Rigby no volvería a atacarla, ni esa noche ni nunca.

—Todo va bien, Atenea —susurró Perséfone, y la apretó un poco más.

—Te he oído —contestó Adam en dirección a Harry con tono de enfado—. Ya sabes dónde guardo las armas de los duelos.

—¿Qué prefieres, la pistola o el rifle de caza? —preguntó Harry. Adam pareció ponderar la respuesta. Se tomó bastante tiempo.

—¡Pers...!

Su hermana la hizo callar con un siseo.

—El rifle de caza. —El tono fue tremendamente amenazador, y Atenea hasta se echó a temblar al oírlo.

—¡Pero... usted no puede dispararle a su futuro cuñado! —El tono del señor Rigby fue casi histérico.

—¿A quién se refiere? —preguntó Adam con calma glacial.

Rigby se aclaró la garganta antes de hablar y miró a todos los presentes en la habitación.

—La señorita Lancaster y yo estábamos aquí solos.

—En absoluto. Su excelencia ha estado toda la velada acompañando a su hermana, la señorita Lancaster. —Adam seguía con la espada pegada a la garganta del señor Rigby, casi como si fuera lo más normal del mundo.

—Nos estábamos besando... —La voz temblorosa del señor Rigby dejó de sonar en cuanto Adam hizo un ligero movimiento con el brazo armado.

—Odio a los mentirosos —gruñó Adam.

—Está siendo demasiado amable con él, su excelencia —intervino Harry con voz tan tensa y enfadada que Atenea se sorprendió—. Me da la impresión de que Rigby es un mentiroso compulsivo.

—Los hábitos pueden romperse con mucha facilidad —reflexionó Adam—. La muerte acaba con ellos, por ejemplo.

Perséfone se unió a la conversación inesperadamente.

—Haz el favor de terminar con esto cuanto antes, Adam. Te esperaremos en el salón de baile.

Atenea notó cómo Perséfone tiraba de ella hacia la puerta de la habitación. Miró a Harry por encima del hombro, temerosa de lo que pudiera ocurrir en cuanto se marcharan. No le importaba en absoluto la suerte que corriera Rigby, pero tampoco quería que muriera en su baile de presentación. Que quedara malherido, por qué no, pero muerto... no, muerto no.

Harry la miró y sonrió, pero la sonrisa le pareció forzada y tensa. Asintió, como si le indicara que se fuera con su hermana. Perséfone asintió a su vez, insistiendo en que saliera con ella. Harry le transmitía paz y tranquilidad, y en ese momento lo que necesitaba era precisamente consuelo.

Atenea sobrevivió como pudo el resto de la noche. La calma imperturbable de Perséfone, combinada con el férreo control que la duquesa viuda ejerció sobre ella durante el resto de la velada, evitó que se descompusiese del todo. El señor Rigby no regresó al salón de baile. Adam y Harry sí que regresaron, y lo hicieron con absoluta normalidad, como si se hubieran limitado a salir un rato para respirar un poco de aire fresco.

Los últimos invitados se marcharon cerca de las tres de la mañana. Atenea estaba exhausta. Adam le había pedido a su manera autoritaria que se reuniera con ella en su salón de lectura cuando ya no quedara ningún invitado en la casa. Lo cierto era que la entrevista no le apetecía nada.

Atenea estaba casi segura de que no se vería obligada a casarse con el señor Rigby, lo cual era un enorme alivio. Pero tampoco las tenía todas consigo a propósito de cuál iba a ser la reacción de Adam ante los infaustos acontecimientos. Era obvio que estaba muy enfadado, y un enfado de Adam no era ni mucho menos tranquilizador.

Cuando llegó, la biblioteca, gracias al cielo, estaba vacía, así que Atenea tuvo unos minutos para recomponerse. Se apretó las sienes con los dedos, pues el dolor de cabeza que había esquivado durante las dos últimas horas luchaba con fuerza por volver a abrirse paso.

Su largamente esperado baile de presentación en sociedad no había sido tal como había soñado desde siempre ni de lejos. No había aparecido el caballero de sus sueños, y por supuesto no había caído rendido a sus pies. Su cuñado había estado tremendamente cerca de faltar al respeto al príncipe de Gales, si es que no lo había hecho. Un cazafortunas la había acosado y por poco se ve obligada a casarse con él para no perder la honra, en lo que hubiera sido un matrimonio desastroso. Y no estaba del todo segura de que Adam y el propio Harry no hubieran matado al muy canalla.

¡Y la noche tenía que haber sido mágica!

—¿Es eso una lágrima, Atenea?

—¡Harry! —La repentina aparición de su amigo le hizo dar un fuerte respingo. El joven sonrió brevemente y la miró con mucha preocupación.

—Me atrevería a decir que no has tenido una noche fácil.

Para su sorpresa y vergüenza, una segunda lágrima se unió a la primera. Se las enjugó y hasta se atrevió a soltar una risita.

—Ha habido momentos en que ha sido horrible, la verdad —admitió, haciendo esfuerzos para no derrumbarse del todo—. Pensé que Adam iba a regresar cubierto de sangre.

—Adam es muy aficionado a despachar a los indeseables, sí, pero no tanto como para mancharse la ropa de gala al hacerlo.

—No lo ha matado, ¿verdad? —preguntó Atenea sin saber exactamente qué respuesta quería oír.

—¿Acaso estás preocupada por el señor Rigby? —Harry se acercó un poco más a ella y de inmediato se sintió mejor.

—Pues... solo en cierto modo —reflexionó Atenea—. No me gustaría que su muerte le pesara a Adam en la conciencia.

—¿En la conciencia de Adam? —preguntó Harry riendo entre dientes—. ¿Acaso crees que tiene de eso?

Atenea no pudo evitar sonreír levemente.

—Pues entonces en la tuya —rectificó—. Sé que tú sí tienes. No serías capaz de hacer nada que tú sepas que es hiriente o turbio.

—Atenea, puede que lo que has dicho sea lo más amable que he oído nunca. —Harry sonrió de una forma diferente. De hecho, nunca le había visto sonreír así. Detrás del gesto no había humor burlón, al que tan aficionado era, ni preocupación, ni duda. Era un gesto de pura alegría, y al verlo Atenea deseó ser capaz de provocarla muchas más veces. Harry era una fuente constante de ánimo para ella.

—Eres una buena persona, Harry Windover. Hasta muy buena, diría yo —afirmó Atenea. No fue capaz de descifrar de dónde surgió el impulso de hacerlo o por qué lo hizo sin ni siquiera pararse a pensarlo, pero apoyó la cabeza contra su pecho con mucha decisión.

—Y tú, Atenea Lancaster —respondió Harry—... creo que sigues enferma.

Era muy de Harry convertir un halago dirigido a él en un rasgo de humor autocrítico. Alegraba cualquier momento, por complicado que fuese. Nunca se habría podido imaginar, apenas dos horas antes, mientras el señor Rigby la estaba acosando, que iba a tener razones para sentirse a gusto y contenta incluso antes de que acabara la noche.

—¿Qué ha pasado con el señor Rigby? —preguntó estando aún apoyada sobre él.

—Se marchó —contestó Harry. Atenea sintió sus brazos, que la abrazaban tenuemente. De hecho, tan tenuemente que apenas los notaba.

—¿Por su cuenta? —insistió, sintiéndose muy a gusto en brazos de Harry. El abrazo de Rigby había sido una tortura. El de Harry, en cambio, era la gloria.

—Pues no exactamente —dijo Harry—. Necesitó bastante ayuda.

—¿Porque estaba furioso? —Se preguntó Atenea en voz alta. Cerró los ojos en un intento de librarse de todo lo malo que le había ocurrido esa noche.

—Porque no podía irse sin que alguien lo ayudara —respondió Harry.

No estaba segura, pero creyó notar un beso de Harry en la cabeza. El abrazo se intensificó, aunque de forma muy ligera. ¿A qué olía siempre? Reconoció ese aroma como el de Harry, pero sin poder identificarlo.

—¿Crees que difundirá rumores? —preguntó. En ese momento, era lo que más le preocupaba. El señor Rigby podía dejar su reputación hecha trizas para seguir intentando forzarla al matrimonio, a ella y a Adam—. Imagínate que contara su versión de lo que ha pasado.

—Te garantizo que no va a hablar durante bastante tiempo, ni de eso ni de nada —la tranquilizó Harry—. Adam es muy meticuloso.

—No me gustaría saber que alguien está sufriendo —dijo Atenea.

—Pues esto debería gustarte —afirmó Harry—. A mí también me gusta. Por desgracia, Adam no compartió la... experiencia con nadie. Me hubiera gustado disponer de unos minutos con Rigby.

—Eres el mejor amigo que se puede tener, Harry —dijo Atenea, sintiendo que la tensión se aliviaba definitivamente.

—Sí —contestó—. Un buen... amigo.

Extrañamente, las palabras de Harry parecieron indicar pesadumbre.

Capítulo 17

Esa noche Harry permaneció en Falstone House hasta las cuatro de la madrugada hablando con los duques sobre lo que convendría hacer respecto a Rigby. Adam no le contó a Atenea hasta qué punto había castigado al individuo. Aparte del ayuda de cámara del propio Harry, seguramente nadie se había dado cuenta de que el duque hasta tuvo que cambiarse la camisa y el pañuelo de cuello tras el enfrentamiento de ambos hombres en la sala de estar de la parte trasera de la casa. El duque se había quitado antes la levita y el chaleco, y por eso las dos prendas se habían salvado de quedar manchadas de sangre. En cualquier caso, una cosa era segura: pasara lo que pasase, Rigby mantendría la boca cerrada, tal como Adam le había garantizado a Atenea. No habría escándalo alguno.

El alivio de la joven fue patente, cosa que hizo muy feliz a Harry. Pero no fue esa conversación la que lo mantuvo despierto hasta mucho después de haber llegado a sus aposentos. En realidad, no podía quitarse de la mente lo que había sentido al tener a Atenea en sus brazos durante unos momentos sublimes.

¡Fue ella la que se inclinó sobre él! Y el abrazo fue perfecto, sin ningún tipo de duda ni de incomodidad. Había acudido a él para obtener respuestas, para recibir ánimos, y él había sido capaz de darle precisamente lo que necesitaba. El momento había sido perfecto y esperanzador. Durante el instante que dura un suspiro se imaginó a sí mismo abrazándola constantemente, durante toda la vida que estaba por llegar. Pero entonces ella dijo que era «un buen amigo» y la realidad lo golpeó como un bofetón repentino y contundente.

Atenea permaneció todavía unos momentos junto a él, hasta que el sonido de unos pasos acercándose los obligó a separarse. Solo le costó una fracción de segundo memorizar la sensación de tenerla entre sus brazos, pero también la necesidad de resignarse a ser precisamente lo que Atenea había definido que era para ella: solo un amigo.

Pocas horas después de haber dejado Falstone House, Harry volvía a entrar por la puerta y caminaba hacia la sala de estar, recordándose a sí mismo que era «el hermano adoptado» de la familia. Siempre lo había sido. Después de la fatal irrupción de Rigby en el baile de Atenea, Adam había exteriorizado de manera aún más vehemente su desprecio por los cazadores de fortunas.

Charles Dalforth estaba allí, preparado para un paseo vespertino. Al parecer, estaba haciendo muchos avances. Y él no podía quedar relegado al rango de semipariente inelegible.

—Dalforth —lo saludó Harry, consciente de que sonaba casi tan contrariado como realmente estaba.

—Windover —correspondió Dalforth. Tampoco él parecía demasiado contento de verlo. Su expresión era casi acusatoria—. No vi a Rigby en el tramo final del baile de anoche.

—Se vio obligado a marcharse —explicó Harry con cierta rudeza.

—Deduzco que su excelencia se dio cuenta de que estaba molestando a la señorita Lancaster —dijo Dalforth, y Harry asintió levemente—. A ningún caballero debería permitírsele un comportamiento tan inadecuado, ni mucho menos ensombrecer su baile de presentación.

—Dado que a Rigby se le puso en su sitio, no termino de entender tu tono acusatorio —replicó Harry.

—¿Ah, no? —Dalforth rio entre dientes, pero fue ese tipo de risa irónica que no tiene nada que ver con el humor—. ¿Quién fue el que presentó a Rigby a la señorita Lancaster?

—Yo no... —Harry lo pensó mejor, recordando el baile de los duques de Hartley. Rigby se acercó a él cuando acompañaba a Atenea y prácticamente exigió ser presentado a la joven—. Técnicamente así lo hice, es cierto, pero...

—Nunca pensé que pudieras ser capaz de hacer semejante cosa, Windover —lo cortó Dalforth—. Nunca he estado de acuerdo con tu manera de enfocar la «ayuda» a la señorita Lancaster. —Pronunció la palabra «ayuda» de una forma tan sarcástica que resultó evidente su intención de decir exactamente lo contrario—. Pero esto ya es inexcusable. ¿Qué era lo que querías demostrarle esta vez? ¿La desesperación de un cazadotes?

El comentario pasó demasiado cerca de la diana.

—No pensaba que fueras a escoger solo caballeros a todas luces objetables —prosiguió Dalforth sin dar la oportunidad a Harry de defenderse—. Peterbrook, Handley y los otros al menos no eran dañinos, aunque sí bastante ridículos. ¿Pero Rigby? Todo el mundo sabe que está arruinado, casi en las últimas. Un hombre en esas condiciones es muy capaz de actuar a la desesperada.

—Su excelencia nunca va a permitir que la señorita Lancaster sufra daño alguno.

—De lo cual hay que alegrarse, porque no parece que a ti te importe demasiado la suerte que pueda correr.

—¡Cómo te atreves! —Harry nunca había estado tan cerca de perder los estribos.

—Me atrevo porque ella me preocupa —respondió Dalforth con una calma insultante—. Le has presentado a propósito, muy conscientemente, a caballeros con los que sabes que jamás podría ser feliz.

—Lo he hecho para ayudarla —Harry estaba tan furioso como para defenderse aun cuando la conciencia llevaba remordiéndole bastante tiempo por haber elegido ese camino.

—¿Ayudarla? —replicó Dalforth—. A ver, Windover, dime una cosa, ¿el amigo Rigby la ha... ayudado?

A eso no podía responder sin exponerse.

—Hasta me da miedo preguntar a quién piensas presentarle ahora —dijo Dalforth negando con la cabeza y desviando la vista hacia los ventanales.

—Pues aún no lo he decidido —confesó Harry. Desde que Dalforth había empezado su ataque no se había movido de su sitio, como un militar que defiende su posición.

—¿Va a ser alguien todavía peor que Rigby?

Esa simple pregunta fue como un directo al estómago de Harry. Porque no fue Dalforth quien la hizo. La persona que había hablado se colocó entre los dos hombres. Era Atenea. El gesto de sorpresa del propio Dalforth le dio a entender que él tampoco se había dado cuenta de que Atenea los había estado escuchando. Harry respiró hondo y se volvió, pero no estaba preparado para su mirada. Los mismos ojos que la noche anterior destilaban confianza lo observaban ahora con una mezcla de enfado y dolor.

—No es verdad, ¿o sí, Harry? —preguntó—. Ha sido una coincidencia que todos los caballeros que me has presentado sean... —Movió la cabeza con una expresión cada vez más herida—. No es posible que los hayas escogido a propósito.

—Yo... —No pudo pensar en nada adecuado con lo que contestar. ¿Cómo podía explicar sus motivaciones sin admitir más de lo que deseaba?

La expresión de la joven pasó a ser de asombro, pues su silencio resultaba de lo más expresivo; de hecho, hablaba por él. Harry se acercó a ella, pero, al contrario que la noche anterior, la joven dio un paso atrás para guardar las distancias.

—Pero... creía que eras mi amigo —dijo, con un tono y una expresión que lo perturbó enormemente—. Dependía de ti. Confiaba en ti.

—Nunca pretendí... no quería...

—Señorita Lancaster, ¿le sigue apeteciendo dar un paseo por el parque? —interrumpió Dalforth.

Atenea lo miró. La confusión y el desgarro interior quedaron patentes en su mirada.

—La verdad es que ahora no puedo quedarme aquí —contestó Atenea con tono casi suplicante—. Necesito... tengo que...

—Necesita salir un rato —dijo Dalforth poniendo en palabras sus deseos como si los comprendiera sin dificultad—. Pasearemos por Hyde Park. Despacio.

—¿Me promete que no tiene la intención de presentarme a nadie? —preguntó Atenea en un débil intento de mostrar sentido del humor.

—Ni se me ocurrirá —prometió Dalforth sonriendo.

A Harry se le revolvió el estómago. Mostrar sentido del humor con Atenea en sus malos momentos siempre había sido cosa suya.

—Gracias —dijo Atenea quedamente.

Lanzó una breve mirada a Harry. Una mirada que lo perseguiría para siempre, tan llena de dolor, incredulidad y frustración.

—Buenas tardes, señor Windover —se despidió Atenea con tono seco y distante, ya sin mirarlo. Y salió, acompañada de un caballero que no solo poseía unos ingresos y una fortuna dignos de tenerse en cuenta, sino que, a sus ojos, no era culpable de traición ni de sabotaje.

—Yo solo quería ayudar —le explicó Harry a la vacía habitación.

La afirmación no le alivió la conciencia. Si quería ser totalmente honesto, se vería forzado a admitir que sus motivos no habían sido del todo altruistas. La tarea de ayudar a Atenea a encontrar marido le desagradó desde el primer momento y nunca quiso llevarla a cabo. Aunque, por otra parte, lo que sí deseaba era librarla de aspirantes indeseables. Pero el enfoque correcto habría sido presentarle a cuantos más caballeros potencialmente adecuados, mejor. Y no fue capaz de hacerlo.

Ya era duro de por sí no ser elegible. Le resultaba más fácil asegurarse de que no sería el responsable de presentarle a Atenea al caballero que acabaría convirtiéndose en su marido. Por eso había empleado su tiempo y esfuerzo en encontrar a hombres a los que Atenea en ningún caso iba a tener en cuenta. Ella no era consciente de eso.

«Confiaba en ti». Las palabras acusatorias de Atenea resonaban en su cabeza. «Creía que eras mi amigo».

Se dio cuenta de repente de que Atenea había utilizado el pasado..., así que ya no confiaba en él y había dejado de ser su amigo.

Harry tenía que admitir que había organizado su ridículo plan con el objetivo de ganar tiempo para sí mismo, pero no había funcionado. En lugar de estar con ella más a menudo, lo que había logrado era perderla por completo, sin más. Su amistad era a lo único que podía aspirar para el presente y el futuro, y ya ni siquiera la tenía.

Harry cruzó la silenciosa sala y se apoyó en el marco de la ventana. El carruaje de Dalforth ya había partido y no estaba al alcance de la vista. En otoño, Londres se quedaba bastante vacío desde todos los puntos de vista: árboles desnudos y pocas personas, pues todos los que podían se marchaban al campo. Harry se había quedado en la ciudad pensando en Atenea... y en sí mismo. Se estaba agarrando al escaso tiempo que podía pasar con ella, pero finalmente se le había escapado entre los dedos.

—¡Harry! —Perséfone parecía sorprendida de verlo, como si no hubiera pasado todos los días en Falstone House desde la primavera—. Debo recordarte que a esta hora Dafne y Adam están juntos. Si te atrevieras a interrumpirlos, estoy segura de que sufrirías castigos inimaginables por parte de ambos.

Harry sabía que lo lógico era reírse de la exageración, así que sonrió como pudo al volverse a mirar a Perséfone.

—No, tranquila... yo...

Tenía que irse de allí. Harry se dio cuenta de eso de repente. No podía seguir en esa casa ahora que sabía que había perdido por completo a Atenea.

—Solo había venido a despedirme —dijo, entonando como si fuera algo que ya tenía previsto, y no una decisión repentina—. Me voy de Londres.

—¡Qué inesperado! —contestó Perséfone acercándose a él y mirándolo interrogativamente—. Espero que no sea porque algo vaya mal en tu hacienda.

Harry sonrió y hasta rio entre dientes.

—En mi hacienda siempre hay algo que va mal, o mejor dicho, nunca nada va bien —comentó con amargura—, lo que pasa es que como tampoco puedo hacer casi nada al respecto, no creas que suelo estar muy informado de los continuos desastres.

La cara de pena de Perséfone fue tan auténtica que esta vez sí que sonrió de verdad, aunque ligeramente. La duquesa entendía a la perfección lo que traían consigo las dificultades financieras.

—La verdad es que voy para visitar a mi hermana —aclaró con cierta agitación. No la veo desde que vine a la ciudad.

Jane, hermana mayor y única de Harry, vivía en Lincolnshire, lo suficientemente lejos de Londres como para imposibilitar un viaje de ida y vuelta en el día para ir a visitarla cuando estaba en la ciudad, y también lejos de Falstone Castle, lugar en el que Harry pasaba el resto del año. Por eso apenas iba a verla. En cualquier caso, se quedaría unos días con Jane y su marido antes de decidir cómo seguir adelante. A partir de ahora, Falstone Castle no sería un lugar tan apetecible para él como lo había sido hasta ese momento.

—¿Y después vas a volver a Londres? —preguntó Perséfone.

—No —respondió Harry. «De ninguna manera»—. La temporada corta está a punto de terminar.

—Cierto. —En ese caso, ¿por qué sonaba tan poco convencida Perséfone?—. ¿Y vendrás en Navidad?

Harry cerró los ojos recordando la última Navidad que había pasado en Falstone Castle. Atenea también estuvo allí. Fue en ese momento cuando empezó a sentirse atraído por ella. No es que se enamorara hasta la médula en aquel momento, pero sí que fueron, y de lejos, las vacaciones más agradables que había pasado desde la muerte de sus padres. Adam y Perséfone por fin habían encontrado la felicidad el uno junto al otro. La hermana más pequeña de las Lancaster había añadido la alegría que solo pueden desplegar los niños pequeños durante las celebraciones. Y Atenea le había quitado el aliento a Harry repetidas veces, tanto por su belleza como por su encanto natural, aunque al parecer no era en absoluto consciente de poseer ni una cosa ni la otra.

—No sé si iré a Falstone Castle la próxima Navidad —dijo Harry con el corazón encogido ante el panorama que se le presentaba. Su presencia en Falstone había terminado a todos los efectos. Ya no podía soportar estar allí, despreciado por la mujer que amaba o, lo que podría ser aún peor, observando cómo encontraba su propia felicidad con alguien que no era él.

—Sabes que siempre eres bienvenido —dijo Perséfone con el ceño fruncido y mostrando cada vez más claramente su preocupación.

Harry sonrió de manera un tanto forzada y asintió.

—Voy a salir de inmediato, así que debería volver a mis aposentos para hacer el equipaje.

—¿Quieres que le dé algún recado a Adam? —Perséfone no dejaba de mirarlo, casi estudiando su expresión, como si buscase lo que se estaba callando. ¿Por qué Harry no se había dado cuenta hasta ahora de lo inquisitiva que podía llegar a ser su mirada?

—Dile solo que he salido huyendo —respondió Harry, recuperando su habitual tono de jovialidad—. Sé que dirá que «era cuestión de tiempo».

—Y se sentirá muy satisfecho de sí mismo, claro —añadió Perséfone riendo entre dientes—. ¿Y para Atenea? ¿Algún mensaje de despedida?

«Lo siento. No quería hacerte sufrir. Perdóname, por favor. Te amo».

—No.

✱ ✱ ✱

Harry iba encogido sobre sí mismo en un rincón del incómodo y abarrotado coche de pasajeros. Era la hora de cenar. Ninguno de sus compañeros de viaje lo había saludado ni sonreído. Y la verdad es que él tampoco lo había hecho con ellos. No tenía ningunas ganas de hablar, y menos alguna razón para sonreír.

Capítulo 18

—Si estuviera todavía en Londres, lo mataría —gruñó Adam. Durante la semana que Harry llevaba fuera de la ciudad, su amigo había repetido las amenazas decenas de veces y con expresiones variopintas.

Había momentos en los que Atenea estaba de acuerdo de todo corazón. Pero a esos enfados les seguía siempre la conciencia de que echaba de menos a Harry de forma casi desesperada, pese al hecho de que se sentía herida y muy enfadada con él. La mismísima tarde anterior, durante una velada, el señor Howard se explayó con una de sus habituales peroratas acerca de los árboles del norte de Inglaterra. Atenea, por pura costumbre, se había dado la vuelta para sonreír en dirección a Harry, pero, por supuesto, esa vez no estaba allí, donde siempre solía estar. Solo unos momentos antes, el deseo de que Harry no se hubiera marchado de manera tan precipitada le había encogido el corazón, y Atenea se recordó a sí misma que había sido el propio Harry quien le había presentado al soporífero señor Howard.

—Harry tiene todo el derecho a visitar a su hermana, Adam —dijo Perséfone.

—Pero su sentido de la oportunidad es desastroso —indicó Adam volviéndose a mirar la oscura calle desde la ventanilla del carruaje en movimiento—. Solo faltan unas semanas para que termine esta demoníaca temporada. ¿Tanto le hubiera costado esperar?

—Seguramente preferiría hacer el viaje antes de que las carreteras hacia el norte estuvieran impracticables —Reflexionó Perséfone.

—Ya... Pues nosotros tendremos que viajar dentro de un par de semanas, como mucho —convino Adam—, porque si no, no podremos llegar a Falstone Castle.

—¿Vas a poder soportar dos semanas más de contacto social? —preguntó Perséfone con evidente tono jocoso. Dada la oscuridad reinante en el carruaje, Atenea no pudo distinguir si sonreía.

—Difícilmente. —Sonó como si estuviera conteniendo la risa.

El resto del trayecto transcurrió en silencio. El comienzo de la velada de esa noche no resultaba nada prometedor. Adam toleraba el teatro bastante más que otras actividades sociales, probablemente debido al hecho de que implicaba escasa o nula necesidad de interactuar con personas que no fueran del grupo propio. También Perséfone había empezado a mostrarse un tanto reticente a las salidas durante la última semana, y es que sin duda la constante actividad durante los meses que había pasado en Londres la tenían con la lengua fuera.

Atenea, por su parte, sentía cierta ansiedad. Sabía que la temporada corta estaba a punto de finalizar para ella. Hasta que Adam hubo tomado la decisión de que se marcharan dentro de dos semanas, había creído que todavía iban a permanecer en Londres un mes. ¿Cómo iba a poder enamorarse en solo quince días?

A ella, inicialmente, todo le había parecido de lo más simple. El caballero de sus sueños la encontraría, mientras que, por su parte, ella tendría la certeza de que era el compañero al que siempre había estado esperando. Siempre se pasaba el primer acto de las representaciones a las que acudían reflexionando acerca de sus expectativas. Las escenas que tantas veces había representado en su mente a lo largo de su vida adolescente y adulta se volvían a repetir una y otra vez. Pero los bailes transcurrían uno detrás de otro sin solución de continuidad, pero también sin que surgiera el deseado momento de ver a su futuro esposo, de que se le acelerara el corazón al reconocerlo, de que se acercara a ella poco a poco y, por fin, del inicio de toda una vida de alegría y amor.

Se estaba quedando sin tiempo. Adam no iba a estar dispuesto a apadrinar y financiar otra temporada para ella, y no tenía ningún deseo de pasar una vida solitaria y sin amor. Y sin Harry para ayudarla... pero Atenea no se permitió seguir pensando en eso. La verdad es que Harry no había sido una ayuda para ella.

—Parece usted muy pensativa. —La voz del señor Dalforth sacó a Atenea de sus reflexiones. A su alrededor, los espectadores hablaban en voz muy alta, bastante más alta de lo que lo hacían en plena representación, lo cual le dejó claro que había estado tan abstraída que ni siquiera se había dado cuenta de que había llegado el primer entreacto.

—Supongo que estaba soñando despierta —reconoció Atenea con tono ligero.

—Durante los últimos días me ha parecido que estaba usted algo distraída. —Parecía dubitativo e incluso algo receloso, como si tuviera miedo de escuchar sus explicaciones.

Si hubiera sido Harry el que le hubiera preguntado, le habría contado lo que pasaba sin la menor duda. Las confidencias con Harry eran un proceso natural, y no tenía el más mínimo temor de que las recibiera con desprecio, desinterés o censura. No es que el señor Dalforth no le pareciera amable, en absoluto. Lo que pasaba era que no le inspiraba el mismo nivel de confianza que Harry. El sentimiento asociado a Harry como persona era precisamente ese, la confianza, pero lo cierto es que la había traicionado y decepcionado. Y sin embargo, vaya por Dios, lo echaba de menos muchísimo y deseaba fervientemente que estuviera allí.

—Casi todo el mundo está de acuerdo en que mañana va a nevar —dijo el señor Dalforth como si estuviera retomando una línea anterior de conversación; Atenea se dio cuenta de que no había estado prestando ninguna atención y se exigió a sí misma estar más atenta y comportarse educadamente—. Así que quizá sea la mejor opción, después de todo.

Su desconcierto debió de ser evidente. El señor Dalforth le sonrió de una forma quizás un tanto molesta.

—Como el tiempo parece que será adverso mañana, le decía que quizá deberíamos olvidar el paseo a caballo que teníamos previsto y quedarnos en Falstone House a tomar el té con su hermana.

—Sí, seguramente será lo más acertado —reconoció Atenea.

Desde que Harry se había ido de Londres, el señor Dalforth la había acompañado tres veces, y varias más antes. Bailaba con ella en todos los bailes, aunque nunca más de una vez. Y como estaba ocurriendo en ese momento, siempre le presentaba sus respetos cuando coincidían en algún evento o representación. «Interesante», había sido la expresión cazada al vuelo, utilizada por una viuda en referencia a las atenciones que le dispensaba el señor Dalforth. «Prometedor», fue otra de las expresiones oídas para describir la situación.

Así que, según los observadores y curiosos independientes, había una posibilidad real de que el señor Dalforth la estuviera cortejando ya. De hecho, cuanto más pensaba en ello, más certeza tenía. ¿Era lógico que se diera cuenta, siendo como era una debutante? No parecía algo extraordinario, desde luego, sobre todo teniendo en cuenta que habían pasado varias semanas de temporada.

Atenea observó atentamente al señor Dalforth mientras este consultaba con Perséfone el cambio de planes que acababan de acordar para la tarde siguiente. En cierto modo, había esperado de sí misma una reacción más patente y entusiasta ante el hecho de que un caballero la cortejara. Había esperado que su corazón reaccionara cálidamente al ver a su posible pretendiente, sentir un placer inexplicable en su presencia e incluso un estremecimiento al volver a verlo tras una corta separación. El caso es que ni se había dado cuenta del momento en el que había entrado en su palco. Y en ese preciso instante ni sabía lo que estaba diciendo. Y lo que era peor, no le interesaba.

Atenea prestó más atención durante el resto de la velada. El señor Dalforth permaneció en el palco de Adam hasta el segundo intermedio. El caso es que incluso sintió cierto alivio cuando se marchó a su propio palco. El señor Dalforth era un caballero amable, inteligente y buen conversador. Ni era pagado de sí mismo ni tenía una madre que se comportara como un dragón. Tenía todas las cualidades que había anotado que debía poseer su futuro marido, incluidas aquellas que había incluido después de la desastrosa intervención de Harry en su temporada de presentación.

Pero no era bastante. No había chispa ni emoción entre ellos. Ninguna dama recibiría tanta atención de un caballero como el señor Dalforth a no ser que se tratara de un pariente o de un aspirante a su mano. Tras presentarse oficialmente en sociedad, Atenea había esperado recibir al menos una propuesta de matrimonio antes de que terminara la temporada corta. Y ahora la consecución de ese objetivo parecía inminente. Pero en lugar de sentirse entusiasmada y feliz, su sensación era más cercana al pánico.

❦ ❦ ❦

—¿Escondiéndote detrás del rododendro, Harry? —Jane se estaba riendo, y seguramente de él.

Harry, que estaba sentado en un banco del jardín, miró a su hermana y le dedicó una sonrisa. Tenía los ojos del mismo color que los de él. Intensamente azules, y de momento parecía estar de muy buen humor.

—Pretendía no estar cerca de la cotilla de mi hermana —dijo Harry mostrando una expresión falsamente preocupada—. De hecho, lo he estado desde el mismísimo momento de mi llegada, sabiendo que antes o después me abrumaría con todas las habladurías del momento, cuya relación iba a requerir varias horas, y eso para empezar. No tengo tanta energía como para soportarlo. —Terminó con un exagerado suspiro.

—Esa hermana te alcanzará pronto —observó Jane.

—Entonces, ¿de qué hermana me tengo que preocupar ahora? —preguntó Harry riendo quedamente.

—Pues de una que se está preguntando qué es lo que ha traído aquí a su habitualmente alegre hermano desde Londres, teniendo en cuenta que el duque de Kielder sigue en la ciudad —respondió Jane—. Eso no pasaba desde el nacimiento de Claudio.

—Ya... El resto de tus hijos tuvieron la decencia de presentarse en el mundo cuando yo estaba en Falstone Castle —recordó Harry—. Puede que haya venido para llegar a tiempo de recibir a este. —Movió ligeramente la mano alrededor de la prominente curvatura de la figura de su hermana.

Jane negó con la cabeza, de nuevo sonriente.

—Sabes perfectamente que este bebé no va a nacer antes del Año Nuevo. No, no es eso lo que te ha traído a Lincolnshire, Harry Windover. —Lo miró pensativa, mientras que Harry procuraba no hacer ni el más mínimo gesto que pudiera dar pistas—. ¿Acaso su excelencia ha decidido acabar contigo?

Harry no pudo evitar reírse, lo mismo que Jane. Cuando conoció a Adam pasó un miedo indescriptible e insoportable. Tenía diez años en ese momento. Adam ya se había ganado una reputación de aterrador, que aprovechó para perfeccionar su aire ducal. Había pasado las vacaciones navideñas en Escocia, con la tía de Harry. Al final de la visita, Jane describía a Adam como «una mente torturada», aunque no en su presencia, claro. Y aunque no había dejado de sentirse intimidada por él, tenía claro que Adam no tenía intención, al menos de momento, de asesinar a su hermano. Tras varios años sin que tuviera lugar ningún ataque mortal a Harry, Jane dejó de preocuparse, y hasta se permitía bromear acerca de una interrupción violenta y letal de la inesperada amistad entre Adam y su hermano.

—¿Te has...? —Jane parecía un tanto incómoda, y no era habitual, pues su comportamiento generalmente carecía de empatía—. ¿Te has quedado sin dinero? Has permanecido en Londres más tiempo de lo normal, y sé lo caro que puede ser estar allí.

—No —la tranquilizó Harry, apretando con fuerza la mano contra el asiento de madera. Jane sabía mejor que nadie, quizá con la excepción de Adam, las difíciles circunstancias económicas con las que tenía que lidiar Harry. Si el marido de Jane no se hubiera enamorado perdidamente de su a veces inconstante hermana tras un noviazgo bastante desastroso durante el verano que la joven había pasado en Bath como dama de compañía, en estos momentos Jane estaría preparando el té y organizando el guardarropa de cualquier malhumorada dama solterona o viuda. La hacienda no podía mantener a un caballero, así que no digamos a una dama además—. He tenido muchísimo cuidado y control, estate tranquila. —Sabía que Jane necesitaba no tener preocupaciones a ese respecto. Siempre expresaba su deseo de ayudar, algo que en realidad era imposible teniendo en cuenta el crecimiento exponencial de su familia, unido a los limitados y modestos ingresos de su cuñado si se comparaban con las ingentes necesidades que planteaba la hacienda Windover—. Además, Adam se encarga de que coma con cierta regularidad.

—Pues para ser un ogro, parece muy considerado, las cosas como son —opinó Jane, nuevamente con la sonrisa burlona bailándole en la mirada.

—Sí, es un monstruo bastante bien educado.

—Entonces, si ni el duque terrorífico te ha echado de Londres ni tu acreedores se han alzado en armas contra ti, eso solo deja abierta una posibilidad. —Jane se encogió de hombros melodramáticamente.

—Ya me dirás cuál —preguntó Harry sonriendo.

Jane bajó la voz hasta convertirla en un susurro y abrió mucho los ojos. Su sentido del drama era notorio.

—Has huido tras enfrentarte al más vengativo, cruel y vicioso de los dioses.

Harry imitó su dramático y confidencial tono.

—Hablar de esto a tiro de piedra de una iglesia es pecado de paganismo.

—Todo depende de lo pesada que sea la piedra —contestó Jane.

—¡Pues claro, cómo no había caído! Entonces puedes continuar.

Siempre se habían comportado así de niños y adolescentes, jugando a decir cuál de ellos decía las mayores tonterías para hacer reír al otro.

—Ya no me acuerdo de lo que estaba diciendo —indicó Jane manteniendo el susurrante y firme tono de confidencialidad.

—El dios al que he ofendido —ayudó paciente y amablemente Harry.

—¡Ah, sí! Pues se trata del dios del... —Miró alrededor entrecerrando los ojos como si estuviera a punto de atacarlos un ejército enemigo—... ¡amor!

—¿De verdad crees que una dama es lo que me ha empujado a salir de Londres? —acertó a decir Harry con tono más o menos humorístico.

—¡Vaya! —Lo miró como si estuviera experimentando una revelación—. Me da la impresión de que he acertado de pleno.

Jane lo conocía muy bien. Harry suspiró y movió la cabeza en signo de derrota, aunque sonriendo. Con Jane era imposible no sonreír. Atenea ejercía el mismo efecto sobre él, aunque Harry agradecía que tuviera también un lado algo más serio. A veces se preguntaba cómo el marido de Jane era capaz de soportar sus continuas bromas y tomaduras de pelo. Por otra parte, se daba cuenta de que él mismo se parecía mucho a ella, aunque nunca podría aguantar estar casado con una persona parecida. Una contradicción, sí, pero así eran las cosas.

—¿Cómo se llama la dama? —preguntó Jane con tono de gran entusiasmo.

—Por lo que se ve, crees que, aparte de mi corazón, también me he dejado en Londres el sentido común —respondió Harry riendo entre dientes. Nunca le revelaría a su hermana el nombre de su amada imposible. Lo más probable era que se embarcara en una serie de acciones directamente abocadas al desastre, como por ejemplo escribir directamente y sin dilación a Atenea.

Jane era muy entusiasta, pero no siempre calibraba las consecuencias de sus acciones ni las meditaba adecuadamente.

—¿No quieres decírmelo? —preguntó Jane—. ¿Pero por qué? No estará casada, ¿verdad?

—¡Por supuesto que no está casada! —contestó Harry poniendo los ojos en blanco.

—¡Gracias al cielo! —El tono de Jane fue tan exagerado que por un momento Harry no la tomó en serio—. Porque de lo contrario me hubiera visto obligada a sermonearte... Recuerda, estamos a tiro de piedra de la iglesia, y la verdad es que me aburriría dar lecciones de moralidad a mi hermano.

Harry volvió a reírse.

—Bueno, pues ahora que sabes que mi moralidad no corre peligro, ¿podemos hablar de otra cosa?

—No, porque aún no hemos zanjado el tema de tu corazón herido y, probablemente, sangrante.

—Lo planteas de una forma muy dramática, hermana —dijo Harry.

—Gracias. —Hizo una mínima reverencia, como si Harry le hubiera hecho un cumplido. La verdad es que se sorprendió, porque estaba sentada y tremendamente embarazada—. ¿Acaso la joven no está interesada en ti? ¿O no es apta?

—Pues... no sé si está interesada en mí —respondió Harry sincera y dolidamente—. En cualquier caso, no importa, porque en realidad el que no resulta apto soy yo.

—¿Que no eres apto? ¿En qué sentido? —preguntó Jane. Siempre había sido muy protectora respecto a Harry, como una gallina con sus polluelos.

—Su tutor rechaza de forma específica a los cazafortunas —explicó Harry.

—Pero tú nunca te casarías con una dama por su dote —dijo Jane muy seria y convencida.

—Vamos a ver, Jane... el hecho innegable y tozudo es que tengo una hacienda ruinosa y prácticamente no tengo ingresos. Mientras que ella...

—Sin la menor duda, aporta una dote enorme —terminó por él.

—Enorme casi hasta la vulgaridad —especificó Harry—. De modo que la diferencia entre el todo y la nada me convierte en un cazafortunas, ni más ni menos.

—¿Y vas a darte por vencido así, sin más? —La frase sonó a reto, y Harry no le echó en cara que lo considerara un conformista. Su hermana no sabía hasta qué punto se había agarrado a ese sueño imposible.

Harry apartó la mirada de su hermana y la centró en el jardín, pero sobre ningún punto en particular.

—No podía soportarlo más —confesó.

Jane permaneció un momento en silencio, sin moverse de su lado. Después habló con tono suave y cariñoso.

—La quieres mucho, me atrevo a decir.

—No puedo imaginarme enamorado de otra. —No era nada más que la verdad, aunque era la primera vez que lo decía en voz alta.

—¡Oh, Harry! —Notó que Jane le apretaba la mano.

La conversación se había vuelto demasiado seria para el gusto de Harry, que había escapado de Londres huyendo de la tristeza y la depresión.

—Así que me he venido aquí a sufrir la falta de escrúpulos y el maltrato tuyo y de tu descendencia.

—Hacemos lo que podemos para estar a la altura —replicó Jane, agarrando al vuelo su tono jovial aunque algo forzado—. Si te parece, puedo darles palos u otras armas.

—No creo que las armas sean necesarias, tampoco hay que exagerar.

La ayudó a ponerse de pie y regresaron a la casa en silencio. Estar con la familia de Jane podía ayudarlo hasta cierto punto. Con cuatro niños pequeños, la distracción estaba garantizada. Pero convivir con una familia llena de amor y siempre creciente solo era un recordatorio de aquello a lo que Harry nunca podría aspirar. Y hacía casi un año había descubierto que no había nada que lograra alejar del todo a Atenea de sus pensamientos.

Capítulo 19

Adam había rechazado tercamente tomar el té con Perséfone y Atenea, aun sabiendo que se presentaría el señor Dalforth, o precisamente por ello. Esa misma mañana, durante el desayuno, habían hablado de su visita.

—Supón que el señor Dalforth quiera hablar contigo —había dicho Perséfone con cierto tono de urgencia.

—Pues le das las instrucciones pertinentes —fue la respuesta de Adam—. Voy a estar en mi biblioteca. No tengo la menor intención de alterar mis rutinas por algo tan tedioso como tomar el té.

Atenea se había puesto tensa inmediatamente. A Adam le molestaba todo lo que tuviera que ver con su temporada, así que no podía esperar que soportase una segunda vuelta. Por tanto, se vería obligada a aceptar cualquier propuesta más o menos decorosa que se le hiciera, si es que quería que alguien fuera su pretendiente.

—¿Tedioso? —había replicado Perséfone—. Imagínate que el señor Dalforth venga con la intención de susurrarme a mí palabras y hasta propuestas de amor apasionado...

—En ese caso, le dispararía a su más que negro corazón —espetó Adam con la más absoluta seriedad—. Y después volvería tranquilamente a la biblioteca.

—Pues menos mal que la atención del señor Dalforth está centrada en Atenea por completo —había sido la respuesta de Perséfone. El intercambio se había deslizado de la tensión al juego, y de una forma tan rápida que Atenea no hubiera sido capaz de decir cuándo se produjo el cambio.

—Sí. Sería una buena cosa para ti también.

—¿Para mí también?

—Después de meterle una bala en el pecho al tal Dalforth, no habría tenido más remedio que encerrarte en la torre oeste de Falstone Castle —explicó con tranquilidad Adam, que continuó tomando el desayuno como si estuviera hablando de cualquier asunto trivial.

—¿La que da al patíbulo? —Perséfone había sonreído como si hubiera hecho una pregunta cuya respuesta conocía perfectamente.

—Claro, querida. Conviene desanimar a futuros pretendientes —confirmó Adam—. Parece que eres demasiado tentadora, lo cual es muy malo para ti si algún hombre, desesperado por conseguir tu amor, siquiera se planteara la posibilidad de enfadarme.

—Si ocurriera eso, tampoco hablaría bien de las dotes de observación del caballero —había añadido Perséfone—. El que mi amor solo está al alcance de mi marido tendría que resultar obvio para cualquiera que tenga dos dedos de frente o dos ojos en la cara, o incluso solo uno.

Adam le dirigió a Perséfone una mirada tan intensa que Atenea hasta se ruborizó, aunque sin poder explicar muy bien la causa. Además, notó que la propia Perséfone también se ruborizaba. Era evidente que Adam tenía ese efecto en su esposa.

Atenea no pensaba que el señor Dalforth pudiera llegar a ejercer tal efecto en ella, algo como para llegar a lograr que se ruborizara. Sin embargo, Harry sí, y lo había comprobado en más de una ocasión: con una mirada, un tono de voz, el momento en el que le tomó la mano en el teatro... Atenea notó cierto calor en las mejillas al acordarse. En aquel momento no solo se había ruborizado, sino que se le había acelerado el corazón. Esa era la reacción que se suponía que debía tener al estar con el señor Dalforth si es que de verdad iba a ser su futuro marido.

Que se le acelerara el pulso y tener que controlar el súbito rubor siempre había formado parte de sus momentos imaginados durante un hipotético noviazgo. Cuando el mayordomo anunció al señor Dalforth, Atenea se concentró en su propia reacción, preparándose para analizar cada cambio, por mínimo que fuera. Pero no se produjo ni el más mínimo cambio, así que la única reacción fue que no hubo reacción. El efecto sobre ella de la llegada del caballero fue nulo, y solo consiguió deprimirse. Era bastante probable que Dalforth estuviera a punto de pedir su mano y apenas sentía por él algo superior a la total indiferencia.

El té fue interminable. El excelente refrigerio preparado por el magnífico chef de Adam apenas le resultó más sabroso que el agua. Atenea intentó calmar el ritmo frenético de su pulso, que le producía un martilleo constante en las sienes. ¿Cómo era posible que estuviera en semejante situación? ¿Y qué podía hacer ella al respecto? Ni se podía imaginar casada con el señor Dalforth, pero ¿qué otras posibilidades tenía?

—¿Le apetece que demos una vuelta por el jardín, señorita Lancaster? —preguntó el señor Dalforth cuando la enervante situación empezaba a ser insostenible.

Perséfone aprobó la propuesta, aunque a Atenea le pareció que de mala gana. ¿Por qué? ¿O acaso se lo estaba imaginando?

El señor Dalforth y ella se mantuvieron inicialmente en un silencio que a Atenea le pareció incómodo. Él parecía no estar del todo a gusto, incluso hasta nervioso. ¿Tendría la intención de proponerle matrimonio?

«¡No, por favor, no!», pensó, mientras la invadía por completo el pánico. No había llegado a ninguna conclusión acerca de lo que debía hacer. ¿Podía aceptar la previsible propuesta sabiendo con certeza que no estaba enamorada? Pero ¿podía rechazarla sabiendo también que en la alta sociedad ya se estaba hablando abiertamente del compromiso como algo seguro e inevitable? Su reputación sufriría, por lo que no estaba garantizado que fuera a recibir ninguna propuesta más esa temporada; por otra parte, no confiaba en que Adam le costeara otra temporada al año siguiente.

—Señorita Lancaster —empezó Dalforth interrumpiendo sus reflexiones.

Atenea intentó respirar hondo y despacio, aunque parecía que sus pulmones habían decidido no concederle demasiado aire en esos momentos.

—A lo largo de estas semanas le he tomado cariño —prosiguió.

«Cariño». La palabra era monumentalmente descorazonadora. Al parecer, Atenea no era la única que no estaba enamorada en la pareja. ¡Qué desastre!

—Me doy cuenta de que mis atenciones hacia usted no han podido pasar desapercibidas, y sé también que muchas personas de la alta sociedad han empezado a especular acerca de mis intenciones y de sus expectativas.

La verdad es que no era la más romántica de las proposiciones, o más bien de los preliminares de esta. ¿Es que no se iba a parecer en nada a lo que ella había soñado siempre?

Él hizo una pausa, como si esperara una respuesta.

—Sí, creo que se habla de ello —acertó a decir Atenea.

—¿Puedo ser franco con usted? —preguntó el señor Dalforth cambiando repentinamente de actitud. Se le notaba nervioso y preocupado, con la frente pronunciadamente fruncida.

—Por supuesto —respondió Atenea. Estaba claro que el señor Dalforth estaba muy preocupado por algo. Y desde luego no parecía un pretendiente rendido y anhelante.

Siguieron andando por el sendero del jardín. Atenea notaba el aire fresco en la cara, y le gustaba.

—Cuando la conocí, al comienzo de la temporada corta, tuve la esperanza y el deseo de llegar a conocerla mejor. De entrada, me gustó lo que vi en usted y me interesó saber si en realidad habría algo más que pudiera gustarme, o incluso que trascendiera eso. De hecho, puedo decirle que me gusta usted.

—Pero ¿solo le gusto? —Atenea empezó a tener claro por dónde podría ir la confesión del señor Dalforth.

—Sin lugar a duda, sé que he despertado expectativas —continuó, sin responder a la pregunta—. Si no específicamente en usted, es seguro que en la sociedad que nos observa sí. Y, como un caballero que soy, me doy cuenta de que tengo que actuar conforme a dichas expectativas. Antes de continuar, deje que le diga una cosa: estoy seguro de que nos tenemos el suficiente aprecio el uno al otro como para poder... vivir juntos.

Eso era realmente cualquier cosa menos romántico. Además, Atenea no dudó de que vendría un «pero» de inmediato y se preparó para ello. El que no estuviera enamorada del señor Dalforth no era la única clave del asunto. La cuestión era que él tampoco lo estaba de ella, y eso por una parte era un alivio, pero por otra le bajaba muchísimo la moral.

—Pero... yo siempre he deseado algo más en una esposa. No me refiero a su personalidad, no me malinterprete —añadió rápida y sinceramente—. Hablo solo de mis propios sentimientos. Siempre he deseado casarme por amor.

Parecía estar disculpándose por ello. Atenea permaneció en silencio, confundida y superada por la situación. Estaba absolutamente de acuerdo con él, pero ¿qué consecuencias tendría en lo tocante al hecho de cortejarla o, incluso, de pedir su mano?

—El matrimonio de mis padres fue concertado, y aunque creo que su unión ha terminado siendo bastante satisfactoria, me he dado cuenta durante toda mi vida de que faltaba algo. Han sido dos personas viviendo vidas paralelas. Yo deseo casarme con una amiga, con alguien con la que pueda compartir intereses e ideas, alguien de la que ser un compañero. Alguien que, con su sola presencia, me haga reaccionar física e intelectualmente. Me refiero a que tiene que haber algo más...

—Señor Dalforth —casi lo interrumpió Atenea para atraer su atención. Había hecho su sincera declaración mirando al frente, no a ella, y su tono indicaba que no se daba cuenta de que, en realidad, estaba hablando consigo mismo—, estoy completamente de acuerdo con usted. Yo también he soñado siempre con ese tipo de matrimonio, no con otro.

El gesto del señor Dalforth fue de alivio controlado.

—Se dará cuenta de que su reputación se verá afectada; de hecho, bastante más que la mía, si después de las expectativas levantadas no nos comprometemos.

—Pero estoy segura de que mi corazón sufriría mucho más si lo hacemos. —¿Por qué se formó en su mente la cara de Harry en el momento de decir eso? No lo sabía. Quizá porque sería la única persona que la podría entender y que sería capaz de empatizar con ella. Harry siempre parecía entender lo que estaba sintiendo, y además era capaz de calmarla fueran cuales fuesen las circunstancias. No le cabía la menor duda de que sabría cómo aliviar la repentina tristeza que ahora le invadía el alma.

Oyó suspirar de alivio al señor Dalforth, como si su reacción lo hubiera liberado de un deber oneroso. Tampoco era nada halagador. Solo la consolaba el hecho de que no tenía las más mínimas ganas de casarse con Dalforth. De lo contrario, la depresión sería total.

—Me aseguraré de dejar claro a todo el mundo que usted y yo seguimos siendo amigos, aunque creo que sería mejor que a partir de ahora nos encontrásemos bastante menos asiduamente —propuso—. En cualquier caso, la temporada corta termina muy pronto, y estoy seguro de que el año próximo las expectativas sobre nosotros casi habrán desaparecido.

—Yo también lo creo —dijo Atenea. Habría habladurías, estaba segura de ello. Pero una ruptura amigable y el paso del tiempo ayudarían a acabar con los cotilleos que pudieran surgir.

El señor Dalforth se marchó solo unos minutos después de hablar con Perséfone. Sabiendo que probablemente era el único caballero que la cortejaría en toda su vida, Atenea tendría que haberse sentido más decepcionada. Pero en realidad lo que estaba era cansada y apabullada tras tantas semanas de preocupación e incertidumbre. Había tenido la oportunidad de encontrar el amor y se le había escapado.

Tenía unas ganas casi irrefrenables de llorar, aunque no sabía decir exactamente por qué. Y echaba de menos a Harry de forma casi desesperada.

❖ ❖ ❖

—Has recibido una carta, Harry. —Jane se la acercó con gesto de malévola curiosidad—. El franqueo es del duque de Kielder. Quizá quiera amenazarte desde la distancia.

—No es su estilo —contestó Harry recogiéndola—. Prefiere sembrar el terror en directo y ver temblar a su víctima. No utilizaría el correo para eso.

En efecto, tenía el sello de Adam, pero le pareció que la letra era femenina, aunque tenía claro que no la de Atenea. ¿De Perséfone, quizás? Era raro. Harry nunca había recibido una carta de ella.

Se volvió hacia Jane, que se había sentado a su lado y lo miraba expectante.

—Creo que voy a ser capaz de leerla sin ayuda —dijo sonriendo—. Si encuentro alguna palabra difícil ya consultaré con la institutriz, muchas gracias.

—Siempre has sido un poco cargante —observó Jane sonriendo con las mismas ganas de siempre—. Te lo advierto: utilizaré todos mis enormes poderes de persuasión para forzarte a que me informes del contenido.

—No me cabe la menor duda.

Jane puso cara de bruja, probablemente para dejarle claro de qué tipo de poderes estaba hablando, y estiró los dedos de las manos apuntando en su dirección de forma amenazadora. En un momento dado se cansó y lo dejó en paz, por fin a solas en la sala de estar.

Harry rompió el sello de lacre, vio que la carta era de Perséfone y procedió a leerla.

Harry:
Perdona que me inmiscuya en tu visita a tu hermana, pero la verdad es que estoy un poco angustiada.

Artemisa no se encuentra bien. Ha contraído unas fiebres infecciosas que se parecen bastante a las que sufrió Atenea hace poco. El estado de Artemisa ha hecho que la madre de Adam regrese al campo, pues es una dama que no reacciona bien ante la enfermedad.

Dafne, por su parte, está siempre muy pensativa, y ni siquiera Adam está siendo capaz de averiguar las razones de su preocupación.

Atenea pasa mucho tiempo, demasiado a mi parecer, llorosa y enormemente triste. Está muy pálida y ya nunca sonríe como solía. Cuando le pregunto o me preocupo por su bienestar, se limita a decirme que está bien y cambia de tema inmediatamente.

Como te puedes imaginar, Adam empieza a estar harto de tener a su alrededor a tantas mujeres, y tan emocionalmente complicadas. Sé que no debería, que es inexcusable, pero te pido un favor. ¿Puedes volver a Londres, aunque solo sea durante una semana más o menos, mientras nos preparamos para regresar a Falstone Castle, por favor? Si al menos pudieras contribuir a calmar la irritación de Adam, me ayudarías mucho a enfrentarme a las crisis fraternales femeninas acumuladas.

Ven si puedes, te lo ruego.

Gracias anticipadas.
PERSÉFONE

Al parecer, Atenea no era feliz en absoluto. El corazón de Harry se encogió al pensarlo. Tras la boda de Perséfone había estado igual, y ese fue el momento en el que la conoció. Pero unas pocas palabras de ánimo la ayudaron a recomponerse y superar el problema. Sin embargo, ¿qué podría decirle ahora para ayudarla? Lo había despreciado y no confiaba en él.

Por otra parte, Perséfone no la había pedido que fuera para ayudar a Atenea, sino para entretener y calmar a Adam, cosa que le resultaba muy fácil de lograr. Unos cuantos comentarios malévolos sobre lo poco amenazador que se estaba volviendo y un par de chistes acerca de su entorno femenino, tan angustiado y variopinto, bastarían para animarlo... al menos, todo lo que Adam era capaz de animarse.

Podía hacerlo, por qué no. Pero casi con toda seguridad eso significaría ver de nuevo a Atenea, verla con lágrimas en los ojos, infeliz, y sin poder hacer nada para consolarla.

Quizás era simplemente un masoquista. Harry sabía que sería una auténtica tortura volver a Falstone House, estar de nuevo cerca de ella, y más sabiendo que estaba enfadada con él. Pero, de todas formas, ya estaba de camino a su habitación para preparar el equipaje.

Capítulo 20

Llevo un buen rato pensando qué será lo que tanto te interesa del jardín, porque desde hace más de media hora no dejas de mirarlo.

Atenea sonrió mínimamente y volvió la cabeza hacia Perséfone, que estaba sentada a su lado.

—Estaba absorta en mis pensamientos, supongo.

—Cosa que últimamente te ocurre muy a menudo.

—La verdad es que le doy vueltas a muchas cosas, sí —admitió Atenea, volviéndose de nuevo para observar las plantas, en ese momento ya casi heladas, y los distintos senderos que surcaban el jardín trasero de Falstone House. La ventana se empañaba debido a la tibieza de su cercana respiración.

—Has tenido unos meses muy ajetreados —observó Perséfone—. Es normal que te tomes un tiempo para reflexionar. De todas formas, habría esperado que las conclusiones fueran más... felices, digamos. Pareces triste, querida. Me costaba mucho preguntarte el porqué, ya sabes que no me gusta fisgonear, pero estoy empezando a preocuparme. No es normal que estés tan deprimida durante tanto tiempo.

—La verdad es que no estoy tan deprimida... —empezó Atenea de forma casi automática. Y es que estaba absolutamente deprimida.

—Atenea —interrumpió Perséfone de inmediato—, te conozco bien, así que no sigas por ese camino.

Perséfone la tomó de la mano y se la apretó de la misma forma que solía hacer cuando eran niñas y su hermana mayor la reconfortaba. Durante su infancia se habían producido muchas circunstancias adversas que tuvieron que superar: la muerte de su madre, la ruina financiera, el abandono de los supuestos amigos cuando la situación se volvía cada vez más complicada, la soledad... Durante esos momentos, Perséfone había sido lo más parecido a una madre, además de, por supuesto, seguir siendo una hermana mayor muy cercana. Precisamente lo que en su momento necesitó Atenea y volvía a necesitar ahora.

Suspiró, y el sonido le hizo pensar en un sentimiento de profunda resignación incluso a sus propios oídos.

—Las semanas anteriores no han transcurrido ni mucho menos como pensaba. —El tono bajísimo en el que habló daba una idea muy clara de la congoja que sentía, y Perséfone le apretó un poco más la mano. Eso bastó para que continuara—. Durante muchos años había soñado con vivir una temporada de presentación en sociedad en Londres como la que he tenido, y en lugar de estar encantada, lo que me siento es... muy decepcionada.

—¿Las cosas no han ido como esperabas... o soñabas? —preguntó Perséfone con tono cariñoso.

Atenea negó con la cabeza y, una vez más, tuvo que hacer un esfuerzo para controlar el llanto. Las lágrimas no iban a aliviar en nada su frustración.

—¿Qué esperabas con tantas ganas que pasara durante las últimas semanas? —preguntó Perséfone.

—Pues que... no me he enamorado —confesó Atenea, cayendo inmediatamente en la cuenta de que había hablado en voz demasiado alta, por lo que se ruborizó de inmediato.

Perséfone, con una voz aún más suave y cariñosa que antes, volvió a preguntar.

—¿Y cómo sabes que no te has enamorado?

Atenea giró el cuello para volver a mirar a Perséfone, un tanto confundida con su pregunta.

—Si estuviera enamorada, lo sabría —insistió.

—Mira, Atenea —empezó Perséfone con tono enfático—, muchas veces me he dado cuenta de que a veces una persona es la última en darse cuenta de que está enamorada. Suele ocurrir que el corazón no comparta sus secretos con la mente.

—Pero yo sé cómo me sentiría si estuviera enamorada, y en estos momentos mi estado de ánimo ni se acerca a eso —contrargumentó Atenea. Se había pasado los últimos días yendo como un péndulo de la tristeza a la frustración.

La risa irónica de Perséfone la sorprendió un tanto.

—¿Cómo puedes saber lo que se siente si nunca has estado enamorada, hermana?

Esa idea no la había tenido en cuenta. ¿Puede alguien saber instintivamente lo que se siente al estar enamorada? Había asumido que sí.

—Vamos a ver... —dijo Perséfone pasándole un brazo por el hombro y forzándola con suavidad a que se volviera hacia ella—. Es el momento de que tu hermana mayor te confiese algún secreto.

—¡Mira qué bien! —dijo Atenea, sorprendida por el hecho de estar sonriendo, aunque probablemente no era la mejor sonrisa de la historia.

—La primera vez que vi a Adam, es decir, cuando me casé con Adam, pues ya sabes que los dos hechos fueron prácticamente simultáneos —explicó con un deje irónico—, creía tener un conocimiento muy sólido tanto de lo que era el amor como de lo que conduce a que un matrimonio sea feliz y tenga éxito. Tenía unos sueños de lo más vívidos acerca de mi futuro.

Atenea suspiró levemente. Ella también los tenía.

—Me veía a mí misma viviendo en una casa pequeña, bonita y agradable, con gallinas en el exterior y un gran número de niños corriendo por el patio. —Perséfone le dirigió una mirada a Atenea que transmitía claramente lo irónico de tales expectativas—. Y mi casa ha terminado siendo un castillo frío y con corrientes de aire que podría albergar a parte significativa de la población de Londres. No hay ni rastro de gallinas en los alrededores de Falstone Castle, ni tampoco de niños, al menos de momento.

»También me veía casada con un caballero afectuoso, gentil y dado a constantes halagos y muestras de amor, o mejor de adoración, en forma de bellas palabras.

Atenea soltó una carcajada bastante sonora. Adam era exactamente el polo opuesto a lo que Perséfone acababa de describir como el marido que había soñado.

—Antes de que te partas de risa a mi costa, deja que termine de darte argumentos todavía más bochornosos, hermana. —Pero Perséfone también estaba muerta de risa, pues era muy consciente de las causas de semejantes diferencias—. Padre siempre se había comportado de esa forma tan acaramelada con madre, por lo que para mí era la única manera «normal» de interacción entre dos personas enamoradas. Y esperaba que Adam se adaptara a ese molde de una manera tan precisa que, al ver que no lo hacía, ¡ni de lejos!, como has podido comprobar, me sentí muy decepcionada.

»Pero cuanto más lo iba conociendo, más me gustaba su forma de ser y de relacionarse conmigo, y lo prefería con mucho a lo que había visto de nuestro padre. En cualquier caso, no era esto exactamente lo que te quería explicar. En realidad, la cuestión es que mis ideas predeterminadas, llámalas prejuicios, acerca de cómo funciona el amor no me dejaban darme cuenta de que lo que pasaba en realidad era que me estaba enamorando de él. Adam no muestra abiertamente sus afectos, y en público no es amable, ni mucho menos tierno. Sin embargo, a su propia manera, sí que es todas esas cosas. Lo único que yo tenía que hacer era abrir mi corazón y mi mente para verlo como realmente era y es.

—Entonces, ¿tendría que renunciar a todos mis sueños? —Atenea no pudo evitar la ruptura que suponía esa posibilidad.

—¡Por favor, Atenea! —El tono de Perséfone tenía un toque de exasperación—. Se supone que la melodramática es Artemisa. —Negó con la cabeza y atrajo hacia sí a Atenea—. La respuesta es que no, en absoluto. Tendrás todo lo que es vital para ti. Piensa en qué es lo que de verdad quieres de un compañero, de un amigo, de un amante... es decir, de un marido, que debe ser todas esas cosas. Creo que te vas a dar cuenta de que, aunque las circunstancias en las que nos enamoremos difieran mucho, el resultado siempre será el mismo.

—O sea, que lo que quieres decir es que puede que nadie caiga literalmente rendido a mis pies a las primeras de cambio, o al revés... —Por una parte, la idea le resultaba decepcionante, pero por otra le hacía albergar esperanzas. ¿Cómo era posible?

—El amor puede aparecer sigilosamente —respondió Perséfone—. Podrás sorprenderte a ti misma pensando en un caballero que te haga sonreír simplemente cuando te sonría, que con su sola presencia alivie tus malos ratos, un caballero al que echas de menos y en el que piensas cuando estáis separados y que no puedes ni imaginar que no vuelvas a ver.

Las palabras de Perséfone fueron como un conjuro: ante sus ojos apareció el rostro de Harry. Lo echaba de menos y no dejaba de pensar en él desde que se marchó. Siempre le provocaba una sonrisa, siempre sabía elevarle el ánimo cuando estaba descorazonada o con preocupaciones. Pero Perséfone estaba hablando de amor. Y Harry era un solo un amigo...

Perséfone prosiguió.

—Y, de repente, tu terca mente se dará cuenta de que mientras buscaba el amor de manera sistemática y lógica, el corazón ya lo había encontrado.

¿Su corazón había encontrado el amor? Pero Perséfone había descrito sin lugar a duda a Harry. Era un amigo, un muy buen amigo, pero nada más. ¿O era otra cosa...?

Atenea cerró los ojos y su mente se llenó inmediatamente de pensamientos e imágenes de Harry. Harry le había aliviado los malos ratos muchas veces. La consoló con amabilidad y ternura la noche de la agresión del señor Rigby. Había pasado con ella innumerables horas en Falstone Castle hablando de tantas cosas que le resultaba imposible recordarlas todas. Le había dado la mano cada vez que necesitaba apoyo. ¿Pero dónde estaban los síntomas del amor y de la pasión?

Y, como si quisiera dar una respuesta, el corazón se le estremeció dentro del pecho. Un simple recuerdo le hizo revivir el fenómeno: Harry le había tomado la mano aquella noche en el teatro. Le había acariciado los dedos de tal forma que la piel, las entrañas y el mismísimo corazón se estremecieron. Y después, los recuerdos se precipitaron: una mirada, una palabra, un gesto, cualquier cosa que provocara puntos de calor en las mejillas y una súbita aceleración del pulso. Siempre había dejado de lado esas sensaciones.

—¡Madre de mi vida! —susurró Atenea.

Perséfone intensificó un poco su abrazo.

—Me preguntaba cuándo descubrirías lo que yo llevo sospechando desde hace tiempo.

—Pero me ha saboteado... —protestó Atenea. Las dudas emborronaron la repentina comprensión—. Me presentó intencionadamente caballeros con los que jamás hubiera podido ser feliz. ¿Cómo podría amar a alguien capaz de hacerme eso?

—Escúchame, Atenea. —El tono de Perséfone era casi reprobatorio—. Conozco a Harry casi tan bien como tú, y ni por un momento puedo pensar que sea la clase de caballero capaz de actuar como un saboteador.

—Pues llegó a admitirlo —dijo Atenea.

—No es de las acciones de Harry de lo que dudo —explicó Perséfone—, sino de sus motivaciones. Tú piensas que actuó de mala fe y con malas intenciones.

—¿Es que tú no lo crees? —Atenea se dio cuenta de que su tono había dejado traslucir un punto de esperanza, pero no le importó. Llevaba varios días, desde su partida de Londres, deseando creer que Harry seguía siendo su amigo, pero ahora que se daba cuenta de que estaba enamorada de él, estaba deseando creer que no la despreciaba.

—No es que lo crea, es que lo sé —recalcó Perséfone—. Adam le pidió que lo ayudara con tu presentación.

El que le hubieran obligado en cierto modo a hacerlo era casi tan malo como sabotear su temporada a propósito.

—Por desgracia, Adam es demasiado poco observador como para darse cuenta de lo que le estaba pidiendo a Harry —continuó Perséfone—. Como sabes, Harry es más pobre que las ratas. En muchos sentidos, su situación es incluso peor de lo que era la nuestra. Una joven sin dote tiene más posibilidades de casarse que un hombre sin fortuna, al que la sociedad califica inmediatamente de «cazafortunas». Los padres de las jóvenes con buena dote le ponen la cruz, y al mismo tiempo es demasiado pobre como para casarse con una mujer sin dote. Además, no tiene título que ofrecer para mejorar la posición social de una familia, ni medios para hacer fortuna por su propia cuenta.

Atenea asintió. Sabía todo eso. Harry había sido especialmente comprensivo cuando le habló de las dificultades que habían sufrido durante los años de los problemas económicos. De hecho, le había contado sus propios problemas y preocupaciones.

—Harry es un caballero, un hombre de mundo, y aunque a veces puede ser un poco ganso, también es muy realista. Sabe que a todos los efectos se le considera inapropiado e inelegible.

«Elegible». Ese era uno de los requerimientos de la lista de Atenea, la que había desarrollado desde un principio con la ayuda del propio Harry. ¿Le habría hecho pensar eso que no había ninguna posibilidad real para él de cortejarla? Era evidente que sí.

—Al recordar la breve visita que hiciste a Falstone Castle la Navidad pasada y el tiempo que pasasteis juntos en primavera antes de que empezase la temporada, me di cuenta de que Harry te había tomado mucho cariño... y puede que bastante más que eso. Así que el que Adam le pidiera ayuda para buscarte un buen marido cuando a él le hubiera gustado aspirar a serlo debe de haber sido una auténtica tortura. Simplemente, creo que ha hecho lo que ha podido, y contra su voluntad real.

Atenea quería creerlo, pero había argumentos muy fuertes en contra de ello.

—Si me quería de verdad, ¿por qué no lo dijo? ¿Por qué ni siquiera lo ha intentado?

—Se puede decir que no tiene ni un penique, Atenea. Un requisito básico para aceptar una propuesta de matrimonio es que el caballero aspirante a marido tenga medios para mantener a su esposa.

—Pero yo tengo una dote —rebatió Atenea—. No viviríamos en la indigencia.

—Los hombres tienen orgullo, Atenea. Vivir del dinero de la esposa sería tremendamente denigrante.

—¿El orgullo es más importante que el amor? —preguntó Atenea. La esperanza que empezaba a sentir en el pecho sucumbía ante la tristeza y la frustración. ¿Harry no la había cortejado simplemente por orgullo?

Perséfone volvió a apretarle los hombros cariñosamente.

—Lo único que tienes que hacer es esperar y ver.

Capítulo 21

El mayordomo de Falstone sonrió al abrirle la puerta. Al entrar, Harry se dio cuenta de que la casa estaba como siempre. Nada parecía caótico ni encaminado a un desastre familiar. Para tratarse de una casa con el duque en su versión más peligrosa, varias señoritas Lancaster enfermas o deprimidas y la duquesa desbordada, es decir, todo al borde del caos más absoluto, la mansión parecía ahora sorprendentemente en calma.

—¿Dónde puedo encontrar a su muy irritable excelencia? —preguntó Harry, disfrutando mucho del extraordinariamente comedido y británico mayordomo de Adam tratando de contener la risa.

—Sus excelencias están en la biblioteca, señor Windover —fue su profesional respuesta.

Harry asintió y se dispuso a subir las escaleras, pero en ese momento una voz conmovedoramente familiar hizo que se detuviera en seco.

—¿Por fin se ha dormido Artemisa? —preguntaba Atenea. El corazón de Harry se estremeció al oír su voz una vez más. ¡Por Dios, cuantísimo la había echado de menos!

—Sí. —Con toda seguridad, se trataba de la institutriz.

Harry se asomó furtivamente desde el umbral esperando poder ver sin ser visto.

—Antes de dormirse, la señorita Artemisa me dio esto para usted. —La institutriz le entregó una hoja de papel.

—¿Un dibujo? —Atenea miró alternativamente al papel y a la institutriz.

Al verla, Harry por poco se queda sin aliento. Estaba muy pálida, tal como había contado Perséfone en su carta, pero es que además tenía los ojos tristes, sin el habitual brillo que realzaba su belleza. Harry deseó con todas sus fuerzas no ser la causa de la transformación. Por otra parte, si era Dalforth el que había provocado el desastre, que se preparara: ¡lo iba a despedazar!

—Creo que pretende representar a la señorita Artemisa sufriendo una penosa y fatal enfermedad —explicó seriamente la institutriz.

Atenea torció la boca levísimamente, pero sin llegar a sonreír.

—Siempre ha sido la más dramática de todas nosotras —explicó, pero en un tono neutro. ¿Dónde estaba su sentido del humor?

Harry tuvo que hacer acopio de todas sus fuerzas para autocontrolarse y no correr a abrazarla y tratar de llevar de nuevo la sonrisa a su boca. Tuvo que recordarse a sí mismo que no tenía ningún derecho a hacerlo y que su consuelo no iba a ser bienvenido. Después de todo, estaba muy enfadada con él.

Esperó a que Atenea mirara hacia abajo para estudiar el dibujo de su hermana y pasó rápidamente por delante de la puerta, siguiendo por el pasillo hasta las escaleras para subir a la biblioteca de Adam.

Cuando entró, le pareció que su amigo reaccionaba no solo con sorpresa, sino incluso con alegría. Harry lo agradeció, aunque sabiendo que no le gustaría nada que se lo recordara.

—¡Perfecto! Así esta noche no tendré que ir al baile de los Techney.

—Pues claro que tienes que ir, Adam —lo contradijo Perséfone sonriendo. Estaban de pie, casi uno al lado del otro, Adam con un libro en la mano y Perséfone mirando por la ventana, aunque se volvió para mirar a su marido cuando habló.

—Pero si ha venido Harry...—protestó Adam cerrado el libro.

—Harry no es el tutor de Atenea —dijo Perséfone.

—Tiene toda la razón, Adam, como siempre —confirmó Harry. Había vuelto a Londres para reorientar el mal humor y la brusquedad de Adam, así que no había por qué dejar la tarea para más adelante.

—Cierra el pico, Harry.

Éxito inmediato. Oír los gruñidos de Adam seguía siendo casi exactamente igual de satisfactorio que antes. Pero solo casi, porque nada era del todo satisfactorio ahora. El futuro que se le presentaba no era halagüeño en ningún aspecto.

—Recuérdame una vez más por qué me ofrecí a ser el responsable de tu enorme familia. —La pregunta estaba dirigida a Perséfone, evidentemente; al parecer, Harry no había logrado su propósito.

Perséfone se encogió de hombros con indiferencia y volvió a mirar por la ventana.

—¿Porque amas a tu esposa? —sugirió, y Harry captó cierto humor en el tono.

—¿Es esa la razón? —volvió a preguntar Adam. Dejó el libro en una mesita auxiliar y se acercó a ella, rodeándole la cintura con el brazo—. ¿Y también por eso tengo que acudir esta noche a ese baile infernal?

Solo Adam era capaz de pronunciar la palabra «infernal» con tono seductor.

—¿Queréis un poco de privacidad? —preguntó Harry.

—Sí —dijo, o más bien gruñó Adam.

—Todavía no —indicó Perséfone al mismo tiempo.

—Por lo que veo, vuestro matrimonio no va camino del desastre, al contrario de lo que me habían hecho pensar —comentó Harry apartando la vista del significativo abrazo de la pareja.

Perséfone, entre los brazos de Adam, asomó la cabeza lo suficiente como para mirar a Harry.

—Lo único que te dije fue que Adam estaba constantemente de mal humor, o irritado, no recuerdo bien. —El tono le pareció de culpabilidad y Harry empezó a sospechar.

—También me dijiste que Artemisa estaba enferma.

—Lo ha estado, pobrecita mía —confirmó Perséfone, aunque sin poder evitar una sonrisa.

Adam puso los ojos en blanco.

—Esa «pobrecita suya» ha empezado ya a representar dramáticas escenas de distintas formas de fallecimiento en su cama, así que creo que está recuperándose.

—¿Y Dafne ha salido de su estado de abstracción? —Harry no pudo evitar cierto tono de duda en su pregunta. Empezaba a tener claro que la casa no estaba sumida en el caos.

—Pues la verdad es que no —gruñó Adam esta vez—. Ella es con mucho la única persona de esta casa capaz de mantener conversaciones lógicas, pero ahora está malhumorada y algo caprichosa.

—No sé si debo ofenderme por lo que has dicho —dijo Perséfone mirando a Adam a los ojos—. ¿Es que mi conversación no te parece interesante ni lógica?

—Pues... en este momento no es precisamente tu conversación lo que me interesa.

Harry negó con la cabeza. Definitivamente, allí sobraba.

—Alguien debería poneros en vuestro sitio a vosotros dos.

—Estaremos «en nuestro sitio» en cuanto te largues.

Harry hizo una exagerada reverencia y se dio la vuelta para irse.

—Espera, Harry —dijo Perséfone, confirmando la seguridad previa de Harry al respecto.

—¡No lo pares, por mil demonios! Se estaba yendo de verdad, es inaudito... ¡No tienes ni idea de las veces que lo he intentado sin conseguirlo!

—Vas a tener la oportunidad de ponerlo de patitas en la calle dentro de un momento, Adam —dijo Perséfone separándose de su marido—. Pero le he pedido que vuelva por una razón.

—Que al parecer no era librarme del duro deber de ejercer de vigilante y tutor de una repentinamente desconsolada cuñada —se quejó Adam.

—¿Desconsolada? —preguntó Harry casi sin querer. Le había parecido que Atenea estaba triste, sí, pero no pensaba que hubiera llorado tanto como para que lo notara hasta el propio Adam.

—Por eso quería que volvieras —afirmó Perséfone, indicándole a Harry que se sentara junto a la chimenea. Tomó de la mano a Adam, lo condujo al sofá y ambos se sentaron, sin soltarse.

—¿Crees que Harry puede ayudar a que la chica se anime? —preguntó Adam con tono de duda—. Soy absolutamente partidario de infligir a Harry castigos corporales inauditamente dolorosos, pero obligarlo a que se haga cargo de una mujer que no para de llorar me parece demasiado, la verdad...

—No creo que haya que obligarlo —contestó Perséfone. Harry reconoció su mirada. Era la misma que le había dirigido cuando Atenea estaba enferma.

—¡Ah, claro! —dijo Adam con sarcasmo—. Porque Harry es el paradigma de la caridad cristiana.

—No. Porque Harry está enamorado de ella.
—¿Cómo?

Harry se encogió al oír la retumbante voz de Adam.

—Gracias, Perséfone... —musitó.

—¿Desde cuándo están así las cosas? —exigió Adam.

Harry no se esperaba ni mucho menos lo que estaba pasando, ni lo que sin duda vendría después. Adam no tenía que haberse enterado de lo que sentía por Atenea. Lo último que deseaba era una perorata de Adam acerca de su aversión a los cazafortunas, sobre todo dada su actitud hiperprotectora de tutor. Se encogió de hombros y no contestó. Fue Perséfone la que inspiró para tomar la palabra, sin hacer caso de la mirada de advertencia que le dirigió.

—Creo que le gustó muchísimo prácticamente desde la primera vez que se vieron. Aunque, si tengo que hacer una conjetura, diría que se enamoró perdidamente la primavera pasada, antes de que viniéramos todos a Londres.

—Harry Claudio Windover. —Adam nunca le llamaba por su nombre completo, así que se quedó mirándolo con los ojos como platos. ¿Qué demonios significaba eso? El tono había sido tranquilo, demasiado tranquilo en su opinión, aunque también algo tenso—. ¿Me estás diciendo que me has obligado a soportar ¡semanas! de relaciones sociales durante las que podía haber permanecido tranquilamente en mi casa? ¿Y que todo ese tiempo estabas enamorado de Atenea?

Harry se aclaró la garganta y abrió la boca para hablar, pero al cabo de unos momentos se encogió de hombros de nuevo sin pronunciar palabra.

—¡Pedazo de carne con ojos! —estalló Adam, hablando a las paredes—. ¡Podía haber regresado a casa hace semanas, por todos los diablos! Solo tenías que confesar y casarte con la chica. ¡Maldito bast...!

—Adam... —interrumpió Perséfone para evitar el fuerte insulto que parecía inevitable.

—¡El muy estúpido me ha obligado a pasar en esta rancia Londres dos meses más de los necesarios! Además, he tenido que leer absurdas y arbóreas propuestas de matrimonio, acudir a bailes... ¡a bailes, Perséfone, por Dios!, aguantar llantos de mujeres desesperadas por todos los rincones de la casa, mientras este bellaco... —Adam señaló a Harry como si quisiera atravesarlo con el dedo— «¡estaba enamorado de ella desde el principio!» ¡De haberlo sabido le hubiera entregado a la chica y la cosa estaría solucionada hace meses, demonios!

—Tú mismo prohibiste expresamente que la cortejaran los cazafortunas —indicó Harry. De haber sido el propio Harry quien lo hubiera sugerido en su momento, sin duda Adam hubiera continuado con la diatriba.

—¿Y? —preguntó Adam cruzándose de brazos.

—Y si hay un caballero en todo el reino que necesite casarse por dinero, ese soy yo. —Harry se levantó de repente y se acercó a la chimenea. El calor que irradiaba del fuego penetró a través del grueso cuero de las botas—. Ni se me ocurriría desobedecer una orden directa expresada clarísimamente por el duque de Kielder.

—Si hubiera creído que querías casarte con Atenea por el dinero, te hubiera echado a patadas en un abrir y cerrar de ojos —dijo Adam. El sonido de sus botas le indicó que se había levantado del sofá, y por la cercanía de la voz supo que estaba casi a su lado—. Ninguna dama tendría que vivir su matrimonio sabiendo que su marido se ha casado con ella solo por su fortuna.

—Pero es que yo necesito perentoriamente el dinero, Adam, lo sabes. —Harry dio una patada a uno de los troncos, levantando chispas al hacerlo—. Lo he necesitado desde que nací.

—Pues entonces es estupendo que te hayas enamorado de una joven que lo tiene de sobra.

—Justo lo que yo decía... —Harry se volvió a mirar a Adam—. Un cazafortunas.

Adam suspiró de pura exasperación.

—Mira que eres tonto. En fin, ahora me doy cuenta de que he malgastado mucho dinero en tu educación, demonios —musitó entre dientes Adam mientras caminaba de nuevo hacia el sofá.

—¿Cómo dices? —preguntó Harry masticando las palabras—. ¿Qué tú malgastaste tu dinero en mi educación? ¿Qué significa eso? ¿Qué relación tiene tu dinero con mis estudios?

Adam puso los ojos en blanco mientras se sentaba al lado de Perséfone, que observaba la conversación con creciente interés.

—Tu familia lleva desahuciada cincuenta años, Harry. ¿Cómo crees que pudiste ir a Harrow y a Oxford sin becas de caridad?

—Pues con una especie de crédito familiar. —Harry aportó la respuesta que llevaba asumiendo como cierta durante veinte años.

—Sí... la verdad es que confiaba, aunque no por completo, en que tu familia no te hubiera dicho nada —susurró Adam como si hablara para sí.

—¿Fuiste tú quien pagó mi escolarización? —Harry se debatía entre la gratitud y cierta sensación de orgullo herido—. ¡Pero si solo tenías ocho años!

—Mi madre pagó el colegio de Harrow —informó Adam encogiéndose de hombros sin darle importancia, aunque en realidad su mirada expresaba una emoción que, obviamente, intentaba disfrazar—. Creo que estaba tan asombrada de que tuviera un amigo de verdad que no pudo soportar la idea de que no vinieras conmigo a Harrow. Cuando se enteró de que no podrías ir por motivos económicos, organizó una especie de beca oculta. Yo me enteré poco antes de que empezáramos los estudios universitarios en Oxford, y en ese caso me hice cargo personalmente de financiarlos.

—Adam, no soy una persona con la que haya que ejercer la caridad, ni tampoco que la merezca —protestó Harry.

—Tengo que decirte que era yo el que sentía que se estaba ejerciendo la caridad conmigo mismo, Harry —dijo Adam en voz baja—. Tenía que pagar para poder tener un amigo. Y no podía estar del todo seguro de que no permanecías conmigo solo por la protección que podía procurarte o porque sintieras que me debías algo. Eso no dice mucho acerca del valor de mi amistad, ¿no te parece?

—Las cosas nunca fueron así —dijo Harry con convicción.

—Y siguen sin serlo —sostuvo Adam con igual convicción—, también por mi parte. Tú eres de la familia, Harry, con todas sus consecuencias. Y yo cuido de mi familia, por lo menos de los que no son imbéciles.

Harry sonrió. Adam también cuidaba de los imbéciles, aunque no quisiera admitirlo.

—Si te hubieras enamorado de una chica que no tuviera un céntimo, ya habría buscado la manera de solucionarlo para que pudieras casarte con ella, Harry —dijo Adam, al que se le notaba incómodo mostrando la vertiente amable que con tanto celo ocultaba casi siempre—. Como por ejemplo, «inventarse» un pariente muerto de la chica, o tuyo si viniera al caso. O cualquier otra cosa, lo que fuera... lo habría hecho encantado. ¡Hombre, por Dios, pero si ya lo he hecho! Atenea dispone de una dote escandalosamente descomunal. Así que problema resuelto.

—No, ni mucho menos. ¿Qué matrimonio podría llegar a buen puerto si uno de los prometidos aporta todo el dinero y el otro es más pobre que las ratas?

La risa de Perséfone pilló a Harry desprevenido por completo. ¿Qué demonios era lo que le parecía tan gracioso?

—Parece que nuestro matrimonio está maldito, Adam —dijo Perséfone sonriendo de oreja a oreja—. Si yo no hubiera sido antes pobre de solemnidad y tú inmensamente rico, habría escapatoria... Me temo que no hay esperanza para nosotros.

Muy a pesar suyo, Harry tuvo que sonreír.

—*Touché* —reconoció.

—Bueno, ¿pero dónde está Atenea? —preguntó Adam—. Vamos a procurar que estos dos lo arreglen cuanto antes para que podamos hacer el equipaje y salir pitando a Falstone Castle.

—La cosa no es así de fácil, Adam —dijo Harry—. Atenea no siente por mí lo que yo por ella.

Perséfone volvió a reírse. En realidad, esta vez fue una especie de gruñido.

—¡Por Dios bendito, Harry! A ver si va a tener razón Adam respecto a lo de tu inteligencia... ¿Por qué te crees que ha estado tan sensible desde que te marchaste?

—Porque estaba muy enfadada conmigo —replicó Harry.

—Porque por fin se ha dado cuenta de que está enamorada de ti y tiene miedo de que no vuelvas nunca —corrigió Perséfone con gran rotundidad. Harry buscó el habitual brillo burlón en sus ojos que siempre quería decir que estaba bromeando, pero no lo halló. Su seriedad era absoluta.

—¿Estás segura? —preguntó Harry. Sintió como si el corazón quisiera salírsele por la garganta.

—Me lo ha dicho ella.

Harry se dejó caer en el sillón, y Perséfone continuó.

—Vamos a ver, Harry: Atenea siempre ha tenido una idea muy clara en la cabeza acerca de cómo iba a encontrar al hombre de sus sueños —dijo Perséfone—. Esperaba que sus expectativas se cumplieran punto por punto, de forma exacta; había rezado por ello tanto que, llegado el momento, fue incapaz de hacer caso a sus verdaderos sentimientos. Pero cuando te fuiste empezó a darse cuenta de lo que había perdido en realidad.

—Se dio cuenta de que el hombre de sus sueños no existía, ¿verdad? —Hubo algo en la explicación de Perséfone que dejó a Harry absolutamente desinflado.

Adam musitó algo parecido a la palabra «asno» entre dientes.

—Se dio cuenta de que el hombre de sus sueños... eras tú —dijo Perséfone con tono paciente—. Lo único que pasa es que llegaste de un modo muy diferente al que ella esperaba.

—¿Y cómo lo esperaba? —preguntó Harry con mucha curiosidad.

El gesto de Perséfone pasó a ser pensativo. Miró a Harry intensamente y empezó a dibujar una sonrisa.

—Harry —dijo—, escúchame con mucha atención. Vas a hacer que el baile de los Techney se convierta en mágico.

Capítulo 22

Sentada en una silla cerca de la pared, la situación de Atenea en el último baile de la temporada corta era muy semejante a la del primero, unos dos meses antes. Adam estaba justo detrás de ella, y Perséfone a su lado. Esa noche, al contrario de lo que ocurrió en la de hacía varias semanas, su hermana prácticamente no había establecido con ella conversación alguna. El señor Dalforth sí que la había sacado a bailar, pero, tal como habían decidido conjuntamente, su contacto se había reducido a eso, nada más. Muchos de los restantes caballeros que habían pretendido cortejarla estaban ya fuera de Londres, de nuevo en sus casas campestres. Menos el señor Howard, por supuesto, que seguía decidido a demostrar constantemente que su conocimiento de los árboles era enorme y no tenía parangón posible.

El hecho de permanecer sentada durante la mayoría de las piezas no le resultaba tan descorazonador como en los primeros momentos de su presentación en sociedad. De hecho, hasta se dio cuenta de que en realidad lo prefería. Su mente estaba demasiado llena de Harry y le resultaba difícil establecer conversaciones banales con los compañeros de baile.

Se preguntaba acerca de Harry. ¿Iría a pasar la Navidad a Falstone Castle, igual que el año anterior? Perséfone no estaba segura. ¿Realmente la amaba, como Perséfone le había dicho? Y de hacerlo, ¿la amaba lo suficiente?

Contuvo un suspiro mientras se recordaba a sí misma que el tiempo terminaría por aclararlo todo y que lo único que podía hacer era «esperar y ver», como dijo su hermana. Eso sí, siempre que su corazón pudiera soportar la incertidumbre. El enfado que había sentido al saber el papel que había desempeñado Harry en el incesante flujo de idiotas que la habían rondado desde que llegó a Londres se evaporó bastante deprisa. Tras escuchar la teoría de Perséfone sobre los sentimientos de Harry hacia ella, la frustración pareció desaparecer. Algo en su interior le había dicho siempre que en el comportamiento de Harry había ausencia de malicia; y el pensar que podría haber obrado por amor le daba más esperanzas de las que hubiera podido imaginar. Si al menos volviera para poder saberlo con certeza...

Paseó la mirada de forma discreta por el salón de baile. Lo que vio era casi exactamente igual a lo que, desde la adolescencia, venía imaginando tantas veces: agradable, colorista, con una música alegre y encantadora. En resumen, la escena de sus sueños. Pero faltaba él.

Se fijó en la pista. Los bailarines dibujaban con gracia desigual los intrincados pasos, pero en un momento dado se formó un hueco en la fila y le pareció distinguir un rostro. Un rostro muy familiar. El corazón le dio un doloroso vuelco y aguzó la vista, pero la fila se volvió a cerrar, por lo que no podía estar segura de lo que había visto.

Se removió ligeramente en la silla para intentar tener una mejor visión de la zona. Seguramente se había equivocado. Si Harry hubiera regresado a Londres se habría enterado. No obstante, el caballero que había visto se parecía mucho a él.

Fue escudriñando caras de manera frenética cuando los bailarines dejaban el más mínimo hueco, intentando sin mucho éxito parecer que lo hacía sin ansiedad.

¡Allí estaba otra vez! Estaba casi segura de que era él. Atenea se llevó la mano a la garganta para comprobar que el corazón no había subido hasta ella por su cuenta pese a que así le parecía. ¡Harry había regresado! ¿Se acercaría a hablar con ella? ¿Querría verla siquiera? ¿Se habría dado cuenta demasiado tarde de lo que sentía?

La orquesta atacó los últimos compases de la pieza y los bailarines prorrumpieron en aplausos al final. El siguiente baile empezaría solo en unos momentos. ¿Con quién bailaría Harry? ¿Bailaría o no? ¿Podría al menos lanzarle otra mirada furtiva?

Atenea lo perdió de vista de nuevo. No tenía ni idea de adónde podría haberse dirigido...

—Señorita Lancaster.

Atenea se volvió como un resorte en dirección al señor Howard cuando la llamada interrumpió su búsqueda.

—Señor Howard —respondió educadamente, aunque algo acelerada.

El señor Howard empezó a hablar, seguramente sobre árboles. Atenea había vuelto de nuevo la vista hacia la multitud y lo vio inmediatamente. Seguía al otro lado de la habitación, pero algo más cerca. Sus miradas se encontraron y el corazón empezó a latir a toda máquina hasta casi hacerle daño en el pecho. No podía apartar los ojos de él, que tampoco lo hizo.

Mantuvieron fija la mirada conforme Harry se acercaba. No sonreía, pero tampoco parecía enfadado. ¿Qué estaría pensando? ¿Estaría feliz de verla?

«Por favor, que se sienta feliz por haberme visto...», rogó silenciosamente para sí.

—¿Señorita Lancaster? —La sorprendida voz del señor Howard interrumpió de nuevo sus pensamientos.

Le dirigió una mirada rapidísima, que sirvió para comprobar que esperaba expectante, aunque no estaba muy segura de qué. Volvió de nuevo los ojos hacia Harry, que ahora solo estaba a unos pasos de ella.

Seguía mirándola. Atenea estaba segura de que la velocidad del pulso se había doblado, eso como poco. Le temblaba todo el cuerpo.

En la cara de Harry se dibujó una sonrisa y Atenea sintió un repentino calor en las mejillas y el cuello, que seguro que se habían teñido de un rojo intenso. ¡La sonrisa de Harry! Se la devolvió con los nervios a flor de piel, sintiendo una repentina e inexplicable timidez en su presencia.

—¿Señorita Lancaster? —La voz del señor Howard había crecido en intensidad y urgencia.

Pero Harry ya estaba a su lado, y Atenea no podía separar los ojos de él. «¡Ámame, por favor!», volvió a rogar para sí. ¿Qué podría hacer si lo hubiera perdido definitivamente?

—Señor Howard —saludó Harry al ansioso, y también ignorado, interlocutor de Atenea.

—Señor Windover.

—Perdona la rudeza, Howard, pero la señorita me había reservado este baile —dijo Harry.

El ruido del corazón casi había dejado sorda a Atenea, por lo que no fue capaz de entender la respuesta del señor Howard. En cualquier caso, Harry le tendió la mano sonriendo. Atenea la tomó y sintió inmediatamente un cosquilleo por todo el brazo acompañado por oleadas pulsátiles de expectación que le recorrieron el cuerpo.

La sensación se mantuvo durante todo el tiempo que duró la pieza. Cada vez que los pasos implicaban que se tocaran las manos, se estremecía al contacto. Ninguno de ellos pronunció palabra alguna, aunque sí que se miraban cada vez que tenían la oportunidad de hacerlo. Y la sonrisa de Harry era diferente a las habituales suyas, y allí estaba siempre que los movimientos del baile los acercaban. Una sonrisa que hacía que se ruborizara una y otra vez de puro placer.

Su sueño se había hecho realidad: una mirada lejana en el salón de baile, el corazón que reacciona acelerándose, una expectativa imposible de controlar... ¡Y era Harry el que se lo estaba produciendo! El mismo Harry de siempre. ¿Cómo era posible que no se hubiera dado cuenta?

Tanto la mente como el corazón le daban vueltas, y al terminar el baile el joven la acompañó a su asiento. Perséfone y Adam mantenían una conversación y no se dieron cuenta de la llegada de la pareja.

Harry hizo una reverencia muy formal, sonrió, se dio la vuelta y se alejó.

Atenea lo miró confundida. No había hablado con ella, en realidad ni una palabra. Deseó llamarlo para pedirle que regresara, pero temió que su respuesta fuera una negativa. ¿Acaso había bailado con ella por pura obligación? No. No podía creer tal cosa. Entonces, ¿por qué se había alejado?

—¿Estás bien, Atenea? —preguntó Perséfone—. Te noto un poco pálida.

—Creo que voy a ir un momento al salón auxiliar —respondió Atenea levantándose algo temblorosa.

—¿Quieres que te acompañe? —se ofreció Perséfone.

—No, no te preocupes. Estoy bien.

Salió del salón de baile lo más rápida y discretamente que pudo. No quería llamar la atención, pero sabía que si no se marchaba enseguida, se iba a echar a llorar casi de inmediato. Y en un baile estaba prohibido llorar...

Harry vio que Atenea salía del salón y se movió rápidamente. Iba a ser difícil interceptarla sin ser visto, pero tenía que hacerlo. No había muchas cosas que decir, pero tenía que abrazarla, si es que le dejaba. Necesitaba el consuelo de tenerla en sus brazos, y esa necesidad había estado a punto de acabar con él durante el baile. Abrazar a tu pareja durante un baile sin estar en la pista no entraba dentro de los comportamientos socialmente aceptados, evidentemente. Pero había necesitado todo su autocontrol para no hacerlo.

Atenea avanzaba deprisa, pero Harry tenía la ventaja de la experiencia: había acudido previamente a muchos bailes y recepciones en casa de los Techney. Se dio la feliz circunstancia de que el pasillo estaba desierto. No tenía ganas de que los rodeara una multitud, como ocurriría sin duda en el salón.

Harry la alcanzó desde atrás justo en el momento en que pasaba a una pequeña sala de costura que no se estaba utilizando para el evento. Inmediatamente la tomó de la mano y la empujó suavemente al interior de la habitación. Notó que Atenea se ponía algo rígida y que lo empujaba para intentar apartarlo. Sin duda, no se había dado cuenta de quién era.

—Atenea —susurró, acercándose lo suficiente para que pudiera oírlo.

—¡Harry! —respondió con tono muy sorprendido al tiempo que se volvía a mirarlo con los ojos muy abiertos—. ¿Qué...?

Le puso un dedo sobre los labios para que dejara de hablar y cerró la puerta. Era una situación potencialmente comprometida, pero obligatoriamente tenía que decirle varias cosas, y no deseaba que nadie los viera o escuchara.

Lo que debía estar haciendo ya era hablar con ella, pero al tocarle los labios se distrajo por completo. Tampoco podía apartar los ojos de su precioso y amado rostro, de cada centímetro de su piel clara, de sus brillantes ojos verdes, de su boca pequeña y cautivadora, de ese hoyuelo que aparecería en cuanto sonriera, aunque fuese de forma tenue o insinuada.

—Has vuelto —dijo Atenea, mientras la mano de Harry se había trasladado de sus labios al cabello que contorneaba el perfecto rostro.

Hasta tenía dificultades para respirar. La estaba tocando. ¡Tocaba a Atenea! Y no precisamente como lo haría un hermano. Nunca había sostenido la mano de Jane entre las suyas de esa manera ni le había acariciado el pelo ni le había pasado los dedos por la mejilla.

—Temía tanto que no volvieras... —prosiguió Atenea—. Y entonces te vi, y lo que me dio miedo fue que no hablaras conmigo. Pero no lo hiciste. Hablar, quiero decir. Y pensé que...

—Atenea —volvió a decir Harry, de nuevo en un susurro, mientras memorizaba todos sus rasgos.

—Harry... —Se le quebró ligeramente la voz, y el tono sonó inseguro.

—Atenea. —repitió. El corazón le latía con tanta fuerza que estaba seguro de que ella podía oírlo. Le sujetaba la cara entre las manos, como tantas veces había soñado hacer.

Harry cerró los ojos y respiró hondo varias veces. Lo mejor hubiera sido dar un par de pasos hacia atrás para alejarse de ella, pero le resultó imposible.

—Harry, ¿estás enfadado conmigo?

—¿Enfadado contigo? —El asombro ante la pregunta le hizo abrir los ojos.

—Es que ni siquiera me hablas —dijo. Una sombra le cruzó los ojos, y le pareció ver cierta humedad en ellos—. En el salón de baile. Te has marchado. Sé que fui dura contigo la última vez que nos vimos, pero...

—¡Atenea, por favor! —Negó con la cabeza y esbozó una media sonrisa más bien amarga—. Tenías todo el derecho a ser dura conmigo, y también a estar muy enfadada. Tenía que haber sido más sincero, pues debí contarte las razones por las que te presenté a todos esos... caballeros.

Atenea miró por encima de él, y en ese momento una lágrima se deslizó por su mejilla. Harry supo instantáneamente que la joven había imaginado que detrás de su manera de actuar se ocultaban pérfidas intenciones.

—Atenea, querida —susurró tomándola en sus brazos y deseando poder aportarle el mismo consuelo que él recibía al hacerlo. No estaba seguro de que el corazón fuera capaz de latirle más deprisa ni de poder prolongar el momento sin que ello significara su prematura desaparición de este mundo—. Lo siento. No debí actuar de esa manera, con doble intención. Lo que pasa es que no podía soportar la idea de encontrar un marido para ti.

—¿Por qué no? —preguntó apoyando la frente en su pecho.

Era el momento de confesar. Si Perséfone estaba en realidad equivocada y Atenea no estuviera enamorada de él, las palabras que iba a pronunciar supondrían el final de sus esperanzas. De todas formas, no podía negar el hecho de que no se había quejado en absoluto de sus caricias en el pelo o en las mejillas, ni tampoco de su abrazo.

—Porque te quería para mí —confesó en un susurro—. Me enamoré de ti casi desde el momento en que nos conocimos, Atenea. Y si no tenía la más mínima posibilidad de estar contigo, al menos quería que supieras reconocer el tipo de caballeros que nunca podrían hacerte feliz.

—¿Querías que fuera feliz? —Alzó los ojos para mirarlo, y Harry reconoció la esperanza en su mirada.

—Nunca he deseado otra cosa.

—Entonces, ¿por qué no me cortejaste?

—Adam prohibió expresamente que pidiera tu mano un cazafortunas, y... —fue su respuesta.

Atenea lo cortó en seco.

—Pero tú no eres un cazafortunas. El señor Rigby es un cazafortunas. Tú nunca podrías ser tan cruel, tan insensible ni tan deshonesto.

Harry sonrió amplísimamente.

—Adam vino a decirme esencialmente lo mismo. —Harry juntó las manos tras la espalda de Atenea y disfrutó de la gran calidez que le transmitía estar tan cerca de ella—. El mismo concepto, quiero decir, aunque sus palabras no se pueden repetir delante de una dama.

—¿Entonces Adam lo aprueba? —Sonrió, aunque el hoyuelo aún no fue completamente evidente.

—Creo que Adam hasta perdonaría y ayudaría a perpetrar un rapto y una fuga de saber que voy a seguir adelante con esto.

En las mejillas de Atenea surgió un mínimo rastro de rubor, y su expresión se volvió casi avergonzada. Harry estaba enormemente intrigado.

—La verdad es que... no pondría objeciones a un rapto —dijo en voz muy baja. Sonrió levemente al decirlo, y en ese momento el mágico hoyuelo hizo su tan largamente esperada aparición.

—Llevo esperando años hacer esto —susurró, casi más para sí mismo que para Atenea.

—¿Hacer qué...? —preguntó ella, pero la última palabra quedó cortada en el aire mientras Harry le tomaba la cara entre las manos y se acercaba a ella mucho, demasiado...

Con el corazón de nuevo acelerado, se inclinó y, muy despacio y con mucha suavidad, la besó en el hoyuelo cercano a la boca. Escuchó y, sobre todo, sintió su suspiro y pensó que la suya era una causa perdida. Su intención solo había sido hablar con Atenea..., pero bueno, ya tendrían tiempo para conversar más tarde.

El más mínimo movimiento que hiciera uno de los dos bastaría para que sus respectivos labios se encontraran. Estaba deseando acariciarle el cabello con los dedos, pero la mínima parte de raciocinio que todavía parecía funcionar lo apercibió del daño que eso causaría al elaborado peinado, que además sería muy difícil de corregir. No quería dar pábulo al cotilleo que sin duda se desataría, y por eso Harry se contentó con acariciarle la cara y el cuello con las yemas de los dedos, rodearla con los brazos, atraerla hacia sí y besarla.

Atenea lo tomó del cuello y le devolvió los besos con entusiasmo evidente. Puede que un cortejo romántico fuera el sueño dorado de Atenea desde su adolescencia, pero el que la joven lo besara de esa forma era el de Harry prácticamente desde que la conoció.

Sonrió y la alejó con suavidad, apoyando las manos en sus hombros y los brazos un poco estirados para mantener una distancia prudencial y socialmente necesaria. Las puertas cerradas y las expansiones románticas solían ser un cóctel peligroso. Tendría que tomar precauciones para evitar este tipo de cosas hasta que todo fuera oficial y pudieran permitirse tales libertades.

—¡Oh, Harry! —exclamó Atenea con voz algo entrecortada y el rostro notablemente arrebolado.

Harry sonrió. La felicidad permeaba por todos sus poros. Intentó acercarse a él, pero la sujetó.

—Tienes que quedarte donde estás. —Rio sin hacer ruido—. Tus labios son lo suficientemente tentadores de por sí, pero si los mezclamos con el olor a violetas, no respondo de mí...

—¿Entonces no me vas a raptar? —preguntó Atenea, una vez más con sus habituales ojos chispeantes. La falta de energía que había observado en ella esa misma tarde cuando la vio en la sala de estar se había evaporado y Harry se sintió completamente aliviado.

—No, pero lo que sí estoy deseando es casarme contigo —afirmó—. Llevo demasiado tiempo amándote sin ninguna esperanza. Y ahora... Adam y Perséfone lo aprueban. Lo único que necesito saber es si me quieres... si me quieres lo suficiente como para casarte con un hombre que no tiene absolutamente nada que ofrecerte.

—Claro que tienes no algo, sino muchísimo que ofrecerme, Harry: ¡tú mismo! —lo corrigió Atenea—. Y eso es todo lo que quiero.

—¿Te quieres casar conmigo, amor mío?

Atenea sonrió con una alegría que Harry no había visto en ella hasta ese momento y asintió enérgicamente. No hacían falta palabras.

Un momento después, estaba en sus brazos agarrándolo con fuerza y riendo gozosamente. A sus oídos, su risa era música celestial.

—¡Vosotros dos! ¿Habéis terminado ya de una vez? —La voz de Adam retumbó en el nido de privacidad que hasta ese momento los había rodeado, y solo un instante después se abrió la puerta—. Os habría dado tiempo a casaros y a criar la mitad de la familia que vais a tener desde que os habéis escabullido ahí dentro...

Harry mantuvo a Atenea en sus brazos mientras reía entre dientes y se volvía a mirar a su amigo.

—No exageres, Adam, solo llevamos aquí diez minutos.

—Lo suficiente como para insistir en que te cases con ella de una vez —señaló Adam—. Te voy a conseguir una licencia especial, así que esta misma noche podréis casaros. ¡Vámonos a casa, que ya está bien de baile!

—No, Adam —dijo Harry con tono serio—. Publica las amonestaciones. Nos casaremos en Falstone Chapel. En Navidad.

—¡En Navidad! —Adam se acercó a él con gesto desafiante—. Para eso falta más de un mes, cobarde llorica.

—Y va a ser un mes de lo más ajetreado, ya verás. —Harry se acercó a Atenea, sujetándola por detrás y besándole la cabeza.

La expresión de Adam se transformó, pasando a una efervescencia tensa que casi siempre precedía al hecho de que estaba a punto de agarrar por el cuello a alguien, o incluso algo bastante peor.

—¿Ajetreado? ¿En qué sentido? —preguntó sin despegar los ojos de los brazos de Harry que rodeaban a Atenea.

—Nada inapropiado, te lo aseguro. Lo único que pienso es que Atenea merece ser cortejada como corresponde a cualquier joven dama en su situación. —Adam levantó una ceja—. Bajo la atenta mirada de su tutor y protector, por supuesto —añadió Harry.

—¿Quieres decir que voy a tener que tragarme este pastelón cursi y sentimental? —La cara que puso Adam era de auténtica repulsión—. ¡Durante un mes! ¡Dios bendito!

—Estoy seguro de que Perséfone estará encantada de turnarse contigo en las tareas de vigilancia. —Harry podía sentir la diversión de Atenea mientras hablaba.

—No voy a permitir que Falstone Castle se convierta en un monumento a la cursilería romántica —declaró Adam muy serio, y se volvió en dirección a la puerta—. ¡Perséfone! —tronó.

La aludida se deslizó de inmediato desde el pasillo y entró sonriendo.

—¿Sí?

—¡Quiere un mes! —espetó señalando a Harry con el dedo índice, como si fuera un criminal pillado *in fraganti*—. ¡Un mes de «eso»…!

—Es un noviazgo, querido. Tiene que cortejarla —reconoció Perséfone riendo—. «Eso» es lo esperado.

—Ya, de acuerdo... Pues también será lo esperado encerrarlo en una mazmorra o colgarlo del palo más alto —amenazó Adam con mirada siniestra—. ¡Qué tipo tan despreciable! —terminó entre dientes.

—Estoy segura de que te distraerás mucho, Adam —dijo Perséfone.

—Tendría que haber acabado con él hace décadas.

—Sí, probablemente sí —concedió Perséfone—. Pero ahora estás en sus manos. Es mejor que lo soportes hasta que se lleve a su futura esposa a casa.

—Pues te digo una cosa, gusano: no voy a teneros alrededor hasta que ese montón de ruinas de tu hacienda sea habitable, ¿me has oído? —espetó Adam mirando a Harry con pretendida inquina—. Así que escoge la propiedad Kielder que te parezca bien, ¡salvo el castillo, que te veo venir! y poned pies en polvorosa en cuanto hayan firmado los testigos. Vivid allí hasta que tu hacienda sea habitable. No sé que sería de mí si tuviera que convivir con unos recién casados, ¡por todos los demonios!

En realidad se trataba de una oferta para que vivieran en una de sus propiedades hasta que la hacienda de Harry estuviera preparada para ellos. Era la forma de actuar típica de Adam: envolver su generosidad en una máscara de amenazas, salidas de tono e irritación. La vida no se había portado bien con su amigo el duque. Pero Harry se estaba empezando a dar cuenta de que él mismo, al igual que Adam, ahora también era afortunado. Tras ser golpeado brutalmente por un grupo de matones en su primer año en Harrow, nunca hubiera pensado que esa paliza iba a ser una de las mejores cosas que le habían sucedido en toda su existencia. Adam acudió en su ayuda, y la amistad que siguió al rescate cambió por completo y para mejor la vida de Harry. Y en muchos aspectos, la de Adam.

—Dado que queremos seguir viviendo, haremos lo que has dicho —aseguró Harry sonriendo de pura gratitud y sabiendo que Adam no iba a permitir que la expresara en voz alta.

Adam asintió de la misma manera que hacía siempre al darse cuenta de que Harry había dejado algo sin precisar con palabras.

—Creo que si nos centramos en ello, podríamos salir para Falstone Castle mañana mismo por la mañana, al alba incluso —dijo Perséfone—. Si solo llevamos ahora lo esencial y dejamos que el servicio prepare el resto para enviarlo más adelante, seguro que podremos hacerlo.

—Perfecto —convino Adam—. Con las primeras luces, Harry.

Harry asintió. Adam siempre le ofrecía un sitio en su carruaje para ahorrarle el coste del viaje en transporte público. Además, con la compañía de Atenea la perspectiva era infinitamente más apetecible.

—Además, podrás aprovechar para seguir cortejando a tu futura esposa —señaló Perséfone sonriendo.

—Encantado —dijo Harry haciendo una inclinación de cabeza.

Perséfone y Adam salieron de la habitación primero. Harry se llevó a los labios la mano de Atenea. Con la puerta abierta, besarla, que era lo que realmente deseaba, no era posible.

—¡Oh, Harry! —dijo Atenea con tono soñador–. Llevo todos estos años rezando para encontrar a un caballero adorable y maravilloso. He esperado, he observado, me he preocupado... Y desde el primer momento la respuesta eras tú.

Harry sonrió. Lo cierto es que no le importaba ser la respuesta a una oración.

—A veces pienso que el cielo tiene que caernos sobre la cabeza para que le hagamos caso. La verdad es que Adam asume esa responsabilidad bastante a menudo.

—Te quiero, Harry —declaró Atenea acariciándole la cara con la mano libre.

—Y yo a ti —respondió apretándole los dedos antes de levantar el brazo para que ella lo tomara, como mandan los cánones sociales.

—¿Dices en serio que me vas a cortejar? —preguntó Atenea sonriendo.

—Por todo lo alto —confirmó Harry sonriendo también—. Espero cumplir los requerimientos de esa lista tuya, aunque ya veremos...

—No me cabe duda de que los cumplirás —aseguró—. Después de todo, se puede decir que fuiste tú quien me la dictaste.

—Desde luego —confirmó riendo entre dientes—. Pero creo que deberíamos añadir algunos puntos más... concretos.

Las mejillas de Atenea volvieron a teñirse de rojo, cosa que a Harry le encantaba.

—¿Y me van a gustar esos puntos más... concretos?

—Te van a encantar, ya verás.

Atenea se apoyó en su brazo.

—Creo que vamos a ser muy felices, Harry.

—Sí. Y vamos a conseguir que Adam lo pase fatal durante las próximas semanas.

—Eso suena de maravilla.

Harry se detuvo en medio del pasillo y miró alrededor para comprobar si alguien podía verlos. Al fin y al cabo, cortejar siempre implicaba algún que otro beso robado.

—Va a ser absolutamente maravilloso —aseguró, y la besó a conciencia.

A veces, la vida se acerca a la perfección.

Descarga la guía de lectura gratuita
de este libro en:
https://librosdeseda.com/